간디 없는 인도

Hey Ram 에서 Ram Rajya 까지 - Vatan, Vardi, Zameer 와
함께 이 신기루 기적의 국가를 만드는 것 이해

Translated to Korean from the English version of India without Gandhi

Mitrajit Biswas

Ukiyoto Publishing

모든 글로벌 퍼블리싱 권리는 다음 회사가 보유합니다.

우키요토 출판

2024 년 게시

콘텐츠 저작권: © Mitrajit Biswas

ISBN 9789364941532

판권 소유.

이 출판물의 어떤 부분도 발행자의 사전 허가 없이 전자적, 기계적, 복사, 녹음 또는 기타 어떠한 형태로든 검색 시스템에 복제, 전송 또는 저장할 수 없습니다.

저자의 저작인격권이 주장되어 왔다.

이 책은 출판사의 사전 동의 없이 거래 또는 기타 방법으로 대여, 재판매, 대여 또는 기타 방식으로 출판된 것 이외의 어떠한 형태의 제본이나 표지로도 배포되지 않는다는 조건에 따라 판매됩니다.

www.ukiyoto.com

알렉산더는 그의 장군 셀레우코스 니카토르에게 그의 제국 확장을 위해 아대륙에 주둔한 최초의 외부인으로 알려지면서 "*정말로 셀레우코스, 이것은 정말 이상한 나라입니다.*"라고 말했습니다.

드위젠드랄랄 레이(Dwijendralal Ray)의 1911년 역사극 찬드라굽타(Chandragupta)에서 발췌

목차

Translated to Korean from the English version of India without Gandhi
    1

1 부: 봉건 사회와 국가 건설   1

추억 속으로 떠나는 여행   2

두 가지 아이디어의 합류가 두 가지 다른 색상과 합쳐졌습니다.   7

Jinnah 에서 Gandhi 까지 Tilak, Golwalkar 및 Savarkar 를 통해 힌두교 정체성을 가로 지르는 다리, Jan Sangh, RSS 및 Ram Rajya - 1 부.   12

Jinnah 에서 Gandhi 까지 Tilak, Golwalkar 및 Savarkar 를 통해 힌두교 정체성을 가로 지르는 Jan Sangh, RSS 및 Ram Rajya - 2 부.   18

지역적, 지역적, 국가적 차원에서 인도 정치의 경제: Politico Economus   26

인도나 바라트가 들리나요?   31

2 부: 내러티브 생성 및 사회적 기준 설정.   37

이야기를 들려주는 방식을 바꾸십시오. 누구를 위해, 누구를 위해 일하든 상관없나요?   38

변화하는 시대의 커뮤니케이션을 통한 사회에 미치는 영향   42

히틀러와 스탈린 속에서: 트럼프와 푸틴을 넘어 새로운 인도를 위한   46

변화가 되십시오, 낡은 것을 쓸어버리십시오 : 우리는 우리의 자유와 자기 통치를 위해 피를 흘린 사람들의 꿈에서 벗어났습니까?   51

간디의 경제학, 농촌 desi 에서 신흥 산업화 국가와 억만 장자 raj   55

Hey Ram 에서 Ram Rajya 까지 인도의 I.P.L. (Indian Political League)
60

3 부: 더 나은 미래에 대한 희망으로 과거와 현재가 만나는 인도의 직소 퍼즐과 수수께끼. 64

신화, 전설, 인도의 사회 정치적 딜레마 65

인도 Vini, Vidi, Vici 를 증명하는 땅?!: 스포츠와 문화의 영광을 위한 사냥. 69

Ek Bharat, Shrestha Bharat: One Nation-One Election to Uniform Civil Code, 인도의 "통일의 다양성" 개념이 단순화되고 있습니까? 73

4 부: 민주주의의 춤? 79

미디어는 네 번째 기둥 또는 캥거루처럼 보이는 민주주의에서 서커스 채찍을 든 사람이 되는 것: 식품 안전, 민주주의 또는 미디어 자유 지수 왜 우리는 아래로 미끄러지고 있습니까? 80

족벌주의의 바위는 나중에 재능이나 능력주의라고 말하는데 인도의 민주주의는 어디에 있습니까? 84

직소 퍼즐 나라의 나라를 운영하는 기적 88

14 억 명 이상의 인구, 여기서 크기가 중요합니다! 글쎄, 품질이 그다지 좋지 않습니까? 평등주의적 성장과 발전을 위해 3P+C(빈곤, 오염, 인구와 부패)의 수수께끼를 해독하는 방법 92

우리는 소수의 용기 덕분에 소의 땅에서 우주에 도달했으며 기술 관료 세계에서 다음 단계는 어디입니까? 96

우리는 청년 중심의 스타트업 국가가 되고 싶지만 그들을 위해 충분히 하고 있습니까? 100

로티(Roti), 캅다(kapda), 마칸(makaan, 음식, 옷, 주거지)은 다람(Dharam), 자티(Jati), 데쉬박티(Deshbhakti, 종교, 카스트,

민족주의) 뒤에 있으며, 와탄(Watan), 바르디(Vardi),
자메르(Zameer, 국가, 제복, 양심)　　　　　　　　　105
결론　　　　　　　　　　　　　　　　　　　　　109

1 부: 봉건 사회와 국가 건설

추억 속으로 떠나는 여행

제가 가지고 있는 몇 가지 개인적인 추억으로 이 글을 시작하겠습니다. 나는 몇 년 동안 몇 명의 외국인 친구와 손님을 만났습니다. 어떤 사람들은 모든 인도인들이 당신처럼 작습니다 (키 작은 남자인 나를 가리킴). 어떤 사람들은 왜 우리는 인도어를 할 줄 모르느냐고, 어떻게 이곳에는 다양한 문화가 있느냐고 물었습니다. 인도 밖에서 온 다른 친구들 중 일부에 의해 진정으로 높이 평가된 사실. 인도에 대해 쓰여진 많은 책들이 있고, 쓰여지고 있으며, 미래에도 그럴 것입니다. 오늘날에도 여전히 다른 이름을 둘러싼 논쟁을 겪고 있는 인도라는 나라의 성격은 가장 중요한 것은 일부만이 정의하고, 이해하고, 분석할 수 있는 변화를 겪었다는 것입니다. 솔직히 말하자면, 나는 그 어느 쪽도 할 수 없다. 그러나 인도를 이해한다는 개념은 서구의 시각이라는 통일된 시각에서 본다면 이해할 수 없는 것이다. 인도는 많은 저작에서 학자들에 의해 예시된 의식 [1] 속에 항상 존재했다. 그러나 문화적 다양성의 뉘앙스는 항상 다양한 각도에서 추측할 수 있는 질문이었지만 완전한 문화적 그림은 아닐 수 있습니다. 인도가 단일 국가로 간주되지 않는 것에 대한 의문은 이제 그것이 식민지의 산물이었다는 것이 잘 폭로되었습니다. 분단 후 잘 정의되지 않은 경계의 요소,

---

[1] *자와할랄 네루, 1946, 인도의 발견, p. 37, 옥스포드.*

*라빈드라나트 타고르 (Rabindranath Tagore)*가 작곡 한 국가는 *조지 V (George V*[a]*)*의 방문을 위해 작성되었기 때문에 논란의 몫을 가지고 있으며, 확실하게 확립 할 수없는 주장, 현재의 형태로 받아 들여지기 전에 디자인을 변경 한 국기. 그러나 인도에 대한 생각은 이미 많은 사람들에 의해 그것이 어떻게 이루어졌는지, 무엇이 있었는지, 그리고 가장 중요한 것은 무엇이 될 수 있는지에 대해 다루어졌습니다. 예, 탈식민지 국가의 아이디어는 인도에 대해 이야기되지만 인도의 기원을 추적하면 모든 것은 인도 아대륙이 있는 초대륙 곤드와나 땅의 시대까지 올라갑니다. 아대륙은 오늘날 종교적 차이, 문화적 차이, 언어적 다양성 및 민족적 고려 사항으로 인해 단절될 수 있지만, 아대륙을 하나로 묶는 특정 것들이 있으며, 이는 수세기에 걸쳐 현재까지 추진되어 왔으며 미래에도 계속 이어질 수 있는 정치적 마일리지입니다. 오늘날 아대륙의 복잡한 이데올로기를 살펴보는 개념은 모든 것이 시작된 뿌리로 거슬러 올라갈 수 있습니다. 인도는 호모 사피엔스(Homo Sapiens)가 도착할 때까지 진화 단계를 보살펴 보았고, 몇 년 후 돌에서 철로 진화하여 나중에 지식과 문명을 낳았습니다. 정치 사회가 그 사회의 초기 진화의 부산물이었다는 것은 잘 문서화된 사실이다. 인더스 계곡이 드라비다 문명보다 오래되었는지

---

[2] 인도의 국가는 영국인을 찬양합니까? - BBC 뉴스

아닌지에 대한 논쟁은 때때로 ³ 계속 되풀이되고 있습니다. 그러나 이제 오늘날 인도 정치 사회의 사분면으로 뛰어 들어 과거에 의해 형성 된 방법과 오늘날 진화하고 있지만 미래에 무엇을 볼 수 있는지 결코 알 수 없습니다. 이 아이디어는 현대적 형태의 인도가 과거의 중요한 연결을 가지고 있으며 미래의 연결이 될 수 있는 곳입니다. 오늘날 인도의 정치체제는 봉건제와 식민주의가 남긴 체제로 발전했다. 인도 정치의 기원을 살펴보면, 다른 많은 나라들처럼 선형적인 일이 결코 아니었다. 인도의 정치에 대한 생각은 인더스 계곡과 드라비다 문명이 시작된 이래로 최전선에 있었다. 수집된 작품 형식에서 인도 정치 사상의 기원은 Chanakya Kautilya 와 Artha shastra 로 알려진 그의 작품에 기인해야 한다는 것을 누구나 알고 있습니다. ⁴어느 나라의 모든 정치 체제는 항상 사회를 중심으로 구축되어야 했고, 사회가 정치를 구축해야 했다. *마우리아 왕조, 굽타족, 촐라스 왕조, 델리 술탄국, 마라타스 왕조, 라지푸트 왕조, 비자야나가르 제국, 무굴 제국* 등으로 시작하는 엄격한 조건은 아니더라도 인도 출신의 8 대 제국은 ⁵영국의 **식민지 서** 곡에 의해

---

³ 인더스 문명의 고대 드라비다 언어: 극도로 보존된 드라비다 이빨 단어는 깊은 언어 조상을 드러내고 유전학을 지원합니다 | 인문사회과학커뮤니케이션(nature.com)

⁴ 프로젝트 뮤즈 - 고대 인도의 전쟁과 외교에 관한 카우틸리아의 *아르타사스트라 (jhu.edu)*

⁵ 인도의 역사상 가장 위대한 5 대 제국 | 국익

형성되고 휩쓸렸다. 이제 여기서 나는 멈추고 바로잡을 수 있을 것 같은데, 왜냐하면 라지푸트의 술탄국과 델리 술탄국은 연속적이고 통일된 제국이 아니었지만 쿠데타가 있었다는 점에서 크든 적든 공통점을 가지고 있었기 때문에, 봉건 제도를 가진 넓은 의미의 왕조 제국으로서 조용한 암살이 계속되어 왔기 때문이다. 왕이나 황제가 권력의 수장이 되어 영토를 관장하는 봉건적 봉신을 두는 것은 서구식 정치 체제가 인도에 들어오기 전까지 큰 변화가 없었던 체제였다. 유럽의 정치 사상에 대한 관념은 정치 발전의 후반부에 케이크 위에 장식된 것이었다. 그러나 이미 잘 알려진 것에 대해 말을 낭비하고 싶지 않습니다. 진짜 질문은 오늘날의 인도 정치 체제가 어떻게 봉건제에 기초한 민주주의의 혼합체가 되었는가 하는 것이다. 봉건제의 개념은 이미 언급되었으며, 이는 세계적인 현상이었고 인도에서 가장 큰 제국이나 왕조가 작동하면서 사용되었습니다. *Jared Diamond*의 중요한 저서 **"Guns, Germs and Steel"**은 서구의 산업 혁명의 중요성과 서구 사회에 대한 엄청난 함의, 특히 군주제가 남아 있고 새로운 민주주의 의식이 서구 세계에 진정으로 짜여지기 시작했지만 봉건 제도의 제거를 강조합니다. 민중의 힘은 자본주의에 기반을 둔 사회에 밀접한 애착을 가지고 있었는데, 이는 엘리트 산업가들에게 이익이 되기는 했지만 동시에 대중에게 기업가 정신과 사업 수완의 새로운 물결을 열어주었다. 따라서 위에서 언급한 책은 과학기술의 대규모적 혁신이 비약적으로 이루어졌을 때,

그 사회의 정치적 토대에도 영향을 미친 것이 얼마나 중요한지를 분명히 강조하고 있다. 선출되지 않고 선출되지 않은 전통적인 각료 회의나 죽음의 칼날을 택한 봉건제의 위계적 모델을 날려버린 패러다임 전환이라는 넓은 세계에 대한 생각을 결코 간과할 수 없다. 그러나 인도에는 너무나 많은 다른 체계가 혼합되어 있었기 때문에 토착 체계와 서구 체계를 깔끔하고 단단한 상자로 명확하게 구분할 수 없었습니다. 그들은 오히려 강물처럼 두 가지 생각의 과정이 합쳐지는 것인데, 합쳐지면서도 여전히 다른 색깔을 간직하여 자신의 정체성을 유지한다. 인도는 인도의 북부와 남부는 물론 인도의 동쪽과 서쪽에서도 출현하고 발전하는 오래된 문명이 오늘날의 나라를 만들었다고 믿었습니다. 이 나라는 피를 흘리고 상처를 입었지만, 이 취약한 나라를 살아 있게 한 것은 결코 줄어들지 않은 이 나라의 놀라운 특성일 것입니다.

두 가지 아이디어의 합류가 두 가지 다른 색상과 합쳐졌습니다.

인도의 정치 체제는 식민지 제도와 봉건 제도의 잔재로 잘 기록되어 있습니다. 아일랜드 제도에서 따온 것으로 추정되는 인도 형법의 최근 개정은 150 여 년 만에 개정된 것이다. 그러나 섹션이 이전 섹션에서 새 배열의 다른 섹션으로만 전송되었기 때문에 변경 사항은 표면적입니다. 현재의 경찰 제도조차도 식민지 제도와 봉건 제도의 혼합체를 뚜렷하게 연상시키며, 더 큰 맥락에서 여전히 카스트 기반의 위계질서를 충족시킨다. 다시 정치 제도로 돌아와서, 세계에서 가장 큰 민주주의 국가인 인도는 여전히 대표성의 문제로 고통받고 있으며, 투표 메커니즘이 어떻게 작동하는지가 민주주의의 시작과 끝을 결정하는 지점입니다. 이제 정치 체제에 대한 비판이자 사회를 비추는 거울이 되어야 하는 미디어에 대한 질문으로 돌아가 보자면, 인도의 다른 많은 나라들처럼 미디어는 비틀거리고 있습니다. 따라서 정치의 문제는 선거 용지가 영향력의 새로운 규범이 된 현대의 zamindars 의 자치 스타일과 더 비슷합니다. 농촌 지역의 선거 제도는 자민다르 또는 소위 봉건 영주 또는 왕이 될 수 있는 중세 증후군에 기반하여 여전히 기능하고 있는 것으로 보이며, 권력 정치의 영역에서도 강력한 남성과 여성을 임명하는 정치 시스템으로 대체되었습니다. 국가는 권력 역학이 부과되는 매체 또는 오히려 조력자이자 협력 요인으로 작용한다. 이것은 환원주의적이고 일반화되어 있다는 비판을 받을 수 있지만, 약간의 소금과 편향된 맥락까지 고려하면, 가장 진실한 형태의 인도의 민주주의가 대표성의 문제에 관해서는 여전히 부족하다는 것이 사실이다. 대의민주주의라는 단어는 세계 최대의 민주주의 국가인 인도에서 그대로 사용되고 있다. 서구에서도 민주주의에 대한 여러 비판이 있었고, 파시즘의 시작부터 네오 파시즘의 부상에 이르기까지 서구 세계에서도 다소 다른 방식으로 민주주의에 대한 비판이 있었다. 토론과 숙의에 기초한 동양적 민주주의의 전통을 가지고 있는 인도를 자랑스럽게 여기면서도 다시 돌아와서는 더 큰 맥락에서 [6] 민주주의의 껍데기처럼 느껴진다. 흔히 '가축계급'이라는 이름으로 불리는 중산층은 민주주의의 건강에는 별로 관심이 없고, 오히려 '*보이지 않는 손 이론*'의 원리에 따라 스스로 일하며, 그 사회와 더 큰 공동체에 도움이 될 수 있는 트리클다운 효과를 위해 일할 수 있는 사람들이다. 과거부터 인도의 정치는 적어도 넓은 의미에서 왕과 그의 각료 회의에 의존했던 지방 행정부의 조정의 절정이었다. *인더스 계곡 문명*의 시대에도 정치의 역학은 소수의 의회 의원에게 의존했습니다. 오늘날의 형태로 진화 한 아대륙의 정치는 종교적 차이에도 불구하고 나이가 많거나 현명하다고

---

[6] *The Wire: The Wire News India*, 최신 뉴스, 인도 뉴스, 정치, 외교, 과학, 경제, 성별 및 문화

여겨지는 왕과 각료 회의 또는 사람들의 회의와 관련하여 특정 공통 요소를 가지고 있습니다. 인도는 지금 내가 앞서 언급했듯이 봉건정치와 식민지정치의 혼합 모델이다. 이러한 종류의 모델의 문제점은 또한 사법 법원, 경찰, 심지어 관료제와 같은 정부 기관이 모두 식민지의 숙취인 곳에서 반복적으로 목격되었습니다. 민주주의를 향한 인도의 발걸음은 신앙의 시도에 의한 것이 아니라 점진적인 과정이다. 인도는 민주주의에 대한 관념을 가지고 있었는데, 그것은 오늘날 유럽에서 [7] 베스트팔렌 민주주의가 어떠한가에 대한 관념과 잘 맞지 않을 수 있다. 그럼에도 불구하고 인도의 민주주의 또는 정치 체제의 개념은 아프리카만큼은 아니지만 인도에서 두드러지는 다양성의 아이디어를 반영하기위한 것입니다. 인도의 민주주의는 수천 년의 변화와 진화를 거친 국가의 여정을 통해 기원을 가진 모자이크와 같습니다. 인도는 문화, 피, 갈등이 뒤섞인 시기에 걸쳐 단계를 밟았지만 오늘날 인도는 만화경 또는 모자이크와 같은 다양한 문화의 정점과 같은 것을 서 있습니다. 지배적이라고 할 수 있는 명확한 패턴이나 색상은 없지만 디자인과 다양한 패턴의 색상의 혼합이 현재의 인도를 대표하는 것입니다. 초기 *베다 시대* 또는 *인더스 문명* 에 존재했던 민주적 과정은 마을 사람들이 이해 관계자 [8]로 말한 곳이었습니다. 그러나 여러 왕국을 거치면서 인도는 나중에 계층 의식을 발전시켰다. 이

---

[7] 웨스트팔렌 *(ecpr.eu)*
[8] 고대 인도 민주주의 / JSTOR 의 *LES DEMOCRATIES ANCIENNES DE L'INDE*

위계질서는 카스트 제도와 내가 계속 강조해온 식민지 유산으로 인해 복잡하게 얽혀 있는 것이다. 따라서 전반적으로 정치 역학에 대한 아이디어는 왕조 정치에 기반을 두고 있으며, 왕조 정치는 인도에서 볼 수 있는 지역적 또는 범인도의 종교적 정체성 기반 정치에서 다소 더 강한 대립을 가지고 있습니다. 지역 정치에 대한 생각은 민주주의의 과거와 밀접한 관련이 있으며, 민주주의는 인도를 정체성이 수렴되는 땅으로 만들었지만 획일적이고 자연스러운 정체성을 유지하는 땅으로 만들었습니다. 그 다음 단계는 종교에 기반한 정치의 국가적 정체성에 대한 것인데, 이 정당은 지난 20년 동안 당원 수가 중국 **공산당(CCP)을 넘어서는 세계 최대 정당인** 바르티야 자나타당(BJP)*이라는 이름으로 속도를 냈다.* 현재 인도의 정치적 정체성은 간디의 이상이 틸락의 아이디어로 진화하는 방식에서 역동적으로 변화하고 완전히 변형되는 것입니다. 인도의 민주주의 개념은 간접, 부분적-간접적, 직접적 세 가지 수준으로 나뉩니다. 인도 대통령 선거는 헌법이 대통령이 국가의 명목상 수반 이상이 되는 것을 허용하지 않기 때문에 완전히 간접적인 방법이 있는 곳입니다. 다음 단계에서는 가장 까다롭고 복잡한 과정이 나오는데, 서류상으로는 간단하고 간단할 수 있지만 인도에서는 매우 다른 의미를 갖습니다. 인도는 "*세계에서 가장 큰 민주주의 국가*"라고 자랑스럽게 부르는 민주주의를 소중히 여기고 자랑하고 싶어합니다. 그러나 최근의 민주주의 건강 지수는 우리를 니제르와 같은 나라와 같은 나라와 비교했는데, 이는 민주주의 원칙 때문에 서구에 우호적이기를 원하고 또 그렇게 하고 있는 인도와 같은 나라에게는 분명 불편한 일이다. 반면 우리는 선거 독재 국가로 불리고 있지만, 자체 민주주의 지수를 계획하고 있는 현 정부와 확실히 잘 어울리지 않았습니다. 글쎄요, 인도는 분명 "*폭도의, 폭도에 의한, 폭도를 위한 민주주의*'가 되기를 원하지 않을 것입니다.

Jinnah 에서 Gandhi 까지 Tilak, Golwalkar 및 Savarkar 를 통해 힌두교 정체성을 가로 지르는 다리, Jan Sangh, RSS 및 Ram Rajya - 1 부.

앞서 언급했듯이 인도의 정치 발전 문제는 최후의 식민지 시대가 오기 전에 인도를 지배했던 왕조와 왕국의 여러 단계를 거쳐왔다. 그러나 여기에는 세밀한 글씨가 담겨 있는데, 이는 '인디언'과 같은 작품에서 상세히 논의된 바 있는데, 이 작품은 오늘날의 인도라는 민족으로서의 기원의 흔적을 다루고 있으며, 이는 단순히 흑백으로 측정할 수 있는 것이 아니라 가늠할 수 있는 생각의 색채의 범위를 넘어선다. 인도의 정치 발전에 대한 아이디어는 항상 매우 서구적인 개념으로 알려져 왔으며 인도에는 없는 것으로 간주되어 왔지만 왼쪽에서 오른쪽에 이르기까지 다양하다는 것이 잘 문서화되어 있습니다. 정치 스펙트럼 이데올로기의 기원은 그리스 의회에서 비롯되었지만 인도 정치 사상의 뉘앙스를 잊어서는 안됩니다. 인도의 정치 사상의 기원은 오랜 세월에 걸쳐 다양했다. 그러나 지배적 인 담론은 *일반적으로 인더스 계곡 문명* 시대에서 진화하거나 기원 한 브라만 제도와 동일시되는 바르나 기반의 정치 계층에 초점을 맞추고 있다. ⁹그러나 내가 언급한 책은 바르나 기반 정치 체제의 기원에 대한 정확한 타임라인을 특정할 수 없다고 언급하기도 했다. 그러나 식민지 시대인 현대를 거쳐 현대로 넘어가면 그들이 원했던 인도가 어떤 모습인지에 대한 생각도 다양했다. 공산주의 의제보다도 더 좌파 지향적인 좌파 급진적 인본주의라는 아이디어는 **M.N. 로이(M.N. Roy)**에 의해 제시되었는데, 그는 다른 좌파들과 협력하기 위해 멕시코 같은 곳을 여행하고 있었다. 그리고 중도주의 정치의 관점에서 볼 때, 인도의 아이콘은 찾기가 조금 어렵습니다. 정확한 인물에 대해서는 언급하지 않았지만 **사르다르 파텔(Sardar Patel)**과 자 **와하르 랄 네루(Jawahar Lal Nehru)**와 같은 의회 지도자들이 투입될 수 있지만, 전자는 중도 우파에 가깝고 후자는 중도 좌파에 가까울 수 있습니다. **마하트마 간디(Mahatma Gandhi)**의 경우, 그의 사상이 좌익, 때로는 우측으로 기울어져 있지만 오늘날 상상할 수 있는 방식은 아니라는 진정한 의미의 중도주의자라고 할 수 있습니다. 그것은 오히려 정체성을 종교에 대한 자부심으로 제한하고 있으며, 문화적 기풍이 최전선에 있습니다. 비베카난다(Vivekananda)가 인도의 정체성을 강조한 방식에서도 비슷한 아이디어를 볼 수 있다. 정치적 측면에서, 문화적 기풍은 특히 인도와 같은 다층적인 국가의 맥락에서 중요하다. 반면에 **Netaji Subhas Chandra Bose** 는 두

---

⁹ *https://www.britannica.com/topic/varna-Hinduism*

스펙트럼의 사고 과정에서 요소를 모두 갖춘 현대 중도주의자의 완벽한 포스터 보이입니다. 그리고 다른 한편으로는, 좌파 정치의 다른 스펙트럼에 있는, 소위 인도식 정체성 방식의 기원이 있었는데, 그것은 인도식 평등주의 철학이 러시아 혁명의 혁명적 사상으로 대체된 것이었다. 오늘날 인도의 정치 사상의 방식은 *라쉬트리야 스와얌 세박 상가(Rashtriya Swayam Sevak Sangha)*가 공공 영역에서 전파해야 하는 것에 국한되어 있다. **인도의 가장 흥미로운 측면은 우리가 인도라는 개념으로 이해하는 것을 이해하는 것입니다. 여권, 국기, 국가 및 서구가 정한 경계에 의해서만 구속되는 것입니까?** 그 부분은 분명히 식민지 지배자들의 선물이거나 오히려 인도가 현대에 형성된 방식입니다. 그러나 국민 국가를 창설하기 위해 베스트팔렌 조약 체계에 구속되지 않은 자신의 경계를 침범 한 문화적 환경과 제국에 대한 생각은 어떻습니까? 인도의 시스템은 그들의 잔재가 남긴 흔적이 남아 있는 젖은 종이와 같았으며, 그 중 일부는 로르샤흐 테스트와 매우 흡사하여 좋거나 나쁩니다. 만들어진 디자인은 인도에 대해 구체적이거나 확실한 것이 없기 때문에 인도를 똑딱거리게 만드는 것입니다. 사실 문제를 제외하고, 오늘날의 인도를 공유된 과거, 현재의 분주함, 미래에 대한 꿈으로 만드는 것은 단 한 가지입니다. 그러나 이 모든 상황 속에서, **R.S.S.(Rashtriya Swayam Sevak Sangha)** 의 형태로 된 수정주의 인도의 우익 정치 스펙트럼이 존재해 왔고 오늘날에도 존재하며, 이들은 인도가 그 나라에 대한 단일하고 통일된 진리가 있는 정체성의 형태로 만들어지고 창조되기를 원한다. 인도는 어떤 고정된 정의도 정의할 수 없는 진정한 기적의 나라이며, 많은 인종과 수천 개의 하위 카스트로 나눌 수 있는 인종의 개념으로 보거나 이해할 수 있습니다. 그러나 계층화된 국가에서 힌두교도라는 우산적 정체성의 유혹은 오늘날이 아니라 지난 10년 동안 최전선에 등장한 수년 동안 인도를 이끌고 있습니다. 인도의 뿌리는 항상 사나타나였으며, 호모 사피엔스가 네안데르탈인의 존재 끝에 도달하기 시작한 이래로 현대 인류 문명이 도래한 이래로 자연에 대한 숭배가 최전선에 있었습니다. 오늘날 힌두교에 널리 퍼져있는 이교도 예배 형태는 이교도가 아니라는 것에 대한 논쟁이 있으며, 역사와 민속의[10] 혼합을 통해 정치적 정체성의 상징이 된 형태를 부여받은 자연과의 진정한 깊은 유대감과 실제로 연결되어 있습니다. 또한 카스트에 기반을 둔 연결고리가 있어 소외되어 왔지만 오늘날에는 개정 역사의 형태로 국가 정체성의 일부가 되었습니다. 주요 아이디어는 과거를 잊지 않고 지나간 시대의 아이디어를 유지하는 것입니다. 오늘날 인도의 정치적 스펙트럼의 문제는 좌파나 우파 어느 쪽도 우리가 인도적이라고 부르는 것에 대해 정당성을 주장할 수 없다는 것이다. 허점은 존재하며 앞으로도 그럴 것이며, 인도의 정치적 정체성에 부합하는 유일한 아이디어는 극단에 있지

---

[10] '종교적 관용': 힌두교는 다신교인가? 종교학자 아르빈드 샤르마(Arvind Sharma, scroll.in)는 그렇지 않다고 주장한다

않고 절제하는 것입니다. 이는 부처님, 전후 아쇼카, 악바르, 간디가 어떤 입장을 견지했는지에서 볼 수 있다. 그러나 반드시 물어야 할 질문이 생긴다: 그것은 증거와 상관될 수 있는 특정한 초점을 취하는 특정한 질문을 하는 것 또한 잘못이다. 인도는 너무나 많은 경험과 다층적인 역사의 정점이었기 때문에 매우 단일한 스펙트럼에서 인도를 결정하기는 어렵습니다. 그러나 식민지 각인의 출현과 함께 큰 변화를 가져온 인도의 정치 발전에 대한 질문으로 돌아가 보자. **"인디언: 문명의 역사"**라는 책에서 지적하듯이, 인도의 역사는 식민지 개척과 함께 시작된 것도 아니고 식민지 개척으로 끝난 것도 아니다. 오늘날 우리가 일반적으로 인도 정치사를 이야기 할 때 간디의 이름이 가장 먼저 나오며 **암베드카르, 네타지, 사르다르 파텔, 틸락, 다다바이 나오로지, 네루, 인디라 간디, 나르심하 라오, 만모한 싱, 나렌드라 모디** 등이 있습니다. 인도의 정치사상에 대한 질문은 자식과 손주가 자라는 것을 지켜본 부모의 입장에서 볼 수 있다. 원소는 남아 있지만 돌연변이는 우성 유전자가 장악할 때까지 계속 발생합니다. 다중 현실의 시나리오에서 인도는 다른 많은 오래된 문명 기반 국가와 마찬가지로 여정에서 여러 현실을 겪은 국가입니다. 고대 베다 문헌에서 후대의 푸라나(Puranas) 또는 구루 나낙(Guru Nanak), 붓다(Buddha), *크리슈나(Krishna, 역사적 인물),* 심지어 *라마야나(Ramayana)*와 *마하바라타(Mahabharata)* 와 같은 개혁가들에 이르기까지 인도의 고대 정치 리더십에 대한 질문은 표면적으로만 긁힌 정치적 지식의 요소를 가지고 있습니다. 초기의 차나캬 카우틸랴를 통한 정치지식의 철학은 마키아벨리의 철학으로 특징지어졌으며, 오늘날에도 유용하게 사용되고 있다. 고대의 인도 정치 사상은 투쟁과 용맹의 사용을 옹호하고 필요할 때 빼앗는 것을 옹호했다는 것을 잊지 마십시오. 그들만의 통치 체계를 발전시킨 위대한 정복자들이 있었는데, 그 중 일부는 외부에서, 일부는 지역 내부에서 왔습니다. 그들은 진화하여 완벽하지 않은 시스템을 만들었고, 무정부 상태의 허점과 요소를 가지고 있음에도 불구하고 인디언 방식을 탐구하는 정치 시스템이있었습니다. 참된 길에서의 인도는 오늘날이나 과거의 것처럼 완전히 점령된 적이 결코 없었다. 실제로, 유럽의 식민지 개척자들, 특히 영국은 지역적, 지역적, 국가적 차원을 구분하여 더 큰 그림을 더 작은 구성 요소로 나누는 방법을 알고 있었습니다. **인디언**의 책에서 언급했듯이, *영국의 라지*는 더 큰 원인과 문제를 일으키는 데 맞서는 지역 세력을 견제하기 위해 다른 지역 세력을 국가 수준으로 결합하는 방법을 알고 있었습니다. 이제 과거의 철학적 사상과 지도자들의 힘에 대해 언급했듯이, 식민지화가 끝나기 전 남아시아 정치의 맥락에서 현대 대중 지도자의 등불로 알려진 간디로 돌아가 보자. 언급 된 다른 인도 지도자들은 간디와 관련이 있다고 볼 수 있으며, 동시대 사람들이면서 같은 페이지에 있을 수도 있고 아닐 수도 있으며, 국가 자유 투쟁을 위해 자신의 방식으로 자신의 전투를 치르고 있었습니다.

Jinnah 에서 Gandhi 까지 Tilak, Golwalkar 및 Savarkar 를 통해 힌두교 정체성을 가로 지르는 Jan Sangh, RSS 및 Ram Rajya - 2 부.

그러나 그의 얼굴이 인도 화폐에 새겨져 있고 불행히도 그의 강력한 저항 운동 사상에 대해 호의적이지 않았던 네타지가 국가의 아버지라는 비공식 칭호를 부여한 것을 제외하고, 라빈드라 나스 타고르가 그를 불렀던 마하트마라고도 알려진 그의 정치적 생각과 철학적 입장은 분명히 영국 라지가 그의 인지적 혼란 속에서 그들의 지배를 계속하기를 원했던 것이었습니다. 간디는 적어도 1915 년부터 인도 자치의 상징이었다. 그 이전에는 **랄라 라지팟 라이(Lala Lajpat Rai)**, **발 강가다르 틸락(Bal Gangadhar Tilak)**, **비핀 찬드라 팔(Bipin Chandra Pal)** 등 *랄-발-팔(Lal-Bal-Pal)*의 사상이나 과거의 철학적 지혜에서 영감을 얻은 극단주의 인도 지도자들의 생각은 나중에 **넬슨 "마디바" 만델라(Nelson "Madiba" Mandela)**와 공명한 사티아그라하(satyagraha)와 비폭력이라는 또 다른 형태의 정치 이데올로기에 대한 감각에 의해 사라졌다 그러나 여기서 우리는 인도의 정치 문명 또는 세계의 정치 문명의 역사를 재다이얼해야 합니다. 전쟁은 평화를 가져오고, 평화는 나약함을 가져오며, 전쟁은 그 후에 옵니다. *Ashoka* 의 예는 **Kalinga (현대 오디 샤)**에서 폭력적인 투쟁 이후 평화의 등불로 제공됩니다. 그것은 우리의 토착 지식의 과거 지혜에 영감을 받은 사람들의 아이디어 덕분이며, 달리트와 부족 문학은 생략의 위험을 무릅쓰고서라도 그들만의 영웅과 민속을 가지고 있으며, 그것을 낚아채서 우리에게 자치의 아이디어를 주기 위해 다양한 접근 방식으로 손을 댔습니다. 최근에는 *비크람 삼패스(Vikram Sampath)*와 *산지브 산얄(Sanjeev Sanyal)*과 같은 작가들 덕분에, 대체역사(alternative history)라고 불릴 수 있는 것이 전면에 등장하고 있다. 무장 저항과 폭력에만 국한되지 않고 새로운 경제 시스템을 창출하는 방법을 가진 아이디어를 가진 영웅들이 전면에 등장합니다. *Netaji Bose* 는 유럽 산업 문명에서 어떤 아이디어를 가져와야하는지 항상 알고있는 경우의 포인트입니다. ***C.R. 다스(C.R. Das), 바가자틴(Bagha Jatin)***과 같은 다른 사람들, 길고 믿을 수 없는 혁명가들의 명단에 있는 몇 안 되는 사람들 중 일부는 역사적 망각의 페이지와 시간의 먼지 뒤에 어딘가에 묻혀 있다. 다시 간디의 정치 이데올로기의 기원으로 돌아가서, 그는 경제, 사회적 각성, 정치적 사고 과정을 가진 요소를 가진 아이디어를 대표했습니다. 그러나 그가 여러 차례 비폭력의 정치적 접근을 옹호한 것이 정확히 무엇을 성취했는가? 잘. 봉건 정치를 돕는 갈고리와 도둑놈을 통한 지배의 혼합적 식민지 정치에서 물려받은 유산. 영국의 정치에 의해 조종당하고 간디를 방패막이로 삼아 인도의 대중 저항을 억압한 이 나라는 그야말로 대단한 일격이었다. **애니 베산트(Annie Besant)와 앨런 옥타비아누스 흄(Allan Octavian Hume)**이 등장한 이래 인도국민회의는 영국 식민지 개척자들이 기꺼이 복종할 수 있는 안전판이었다. 인도의 독립에 대한 생각은 종종 협상되어야 하고 받아들여지지 말아야 한다는 비난을 받는데, 그것은 수많은 자유 투사들의 열정적인 투쟁을 무시하지 않으면서 진실을 담고 있다. 그러나 결국 이뤄진 협상은 피비린내 나는 분단으로 계획대로 진행되지 않았다. 두 공동체의 젖꼭지로서의 간디의 역할은 백인 측량사 *래드클리프*가 그어진 선의 중간에 끼어 있습니다. 그의 삶은 **결국 나투람 고드세(Nathuram Godse)**라는 이름의 남자에 의해 끝났고, 이는 우리를 또 다른 정치적 스펙트럼으로 이끈다. 스펙트럼에 대해 말하자면, 너무나 다양한 나라에서 인종에 대한 공통의 정체성을 찾는 것은 불가능하기 때문에 타자화 개념은 종교의 형태로만 나타날 수 있습니다. 오리지널과 침략자의 대결, 그리고 우리 모두 그 이야기를 알고 있습니다. 국가로서의 인도는 여러 곳에서 지역 정치의 정치적 지배력 측면에서 항상 스윙 해 왔습니다. 그러나 일부 주, 심지어 중앙부에서도 정치의 전체 역학이 두 정당 간에 이루어지고 있는 경우, 대체로 미국과 영국에서와 마찬가지로 좌우의 차이로 규정할 수 없고 오히려 온건파*(영국령 라지의 접근 방식과 같으므로 인도국민회의라고 읽는다)*에서 샤마 프라사드

무케르지(Shyama Prasad Mukherjee)가 창안한 **얀 상(Jan Sangh)**으로 거슬러 올라갈 수 있는 독단적인 *B.J.P*(**Bharatiya Janata Party)**가 있었다 인도는 유럽 국가들이 오래 전에 발견한 통일된 정체성이라는 단 하나의 자부심 아래서 통일되지 않는 선천적인 약점을 가지고 있다고 항상 믿었고, 이제는 종교적 정체성이 아니라 삶의 방식으로서 힌두교의 형태가 될 것을 찾아야 할 때라고 믿었습니다. 사바르카르에서 골왈카르에 이르는 사상은 항상 이탈리아에서 독일에 이르기까지 영감을 받았으며, 그들의 통일 이야기는 다양한 문화적 다양성을 충족시키기보다는 다수의 공감을 불러일으킬 수 있는 독단적인 민족주의의 방식을 정의했습니다. 인도에 대한 생각은 항상 좌파에서 우파로 향하는 스펙트럼에서 논쟁의 대상이 되어 왔다. 한쪽에는 좌익 자유주의가 있었고, 일부는 아마도 그들이 아닌 것으로 가장했을 것이다. 이 장에서는 "*무엇을, 왜, 어디서, 어떻게 인도를 정의하는가?*"라는 질문을 던진다. 첫 번째 질문은 *지난 5000년 동안 존재했던 인도 또는 바라트 바르샤(Bharat Varsha)에 대한 아이디어를 가진 사람들에게 인도에 대한 아이디어에 대해 어떻게 이해합니까?*" **인도**나 **바라트**, **아리야바르타**, **잠부드위파**[11]가 존재했다는 생각, 약 5천년 동안 나름의 방식으로 함께한 존재. 그것은 영국의 방식에 대한 생각에 순응할 필요도 없었고, 오늘날의 인도가

---

[11] *Aryavarta: Aryavarta - Tianzhu, Jambudweep: 인도의 다른 5개 이름에 대해 알아보기 | 이코노믹 타임즈 (indiatimes.com)*

분단의 흔적을 남긴 우연한 표시에 의해 만들어졌다는 것을 고려할 필요도 없었다. 그 아이디어는 항상 서구의 정의와 전통을 따르지 않는 방식으로 인도를 정의하고 이해하는 것이었습니다. 바로 이 지점에서 힌두교 또는 *"사나타나니"*의 자부심이 작용한다. 이제 힌두교와 산타니의 차이에 대한 생각을 빗나가지 말고, 바라트와 장 제목에 이름이 거명된 사람들에 대한 인도를 고려해보자. 틸락(Tilak) 시대 이래로 인도에 대한 생각은 분열되지 않고 힌두교의 관념으로 통일된 인도에 대한 관념을 발효시키고 있었다. 카스트와 다른 분열의 역할은 의문의 여지가 없었다. 그 이후로 많은 물이 갠지스 강을 통해 날아 왔고 힌두교의 아이디어와 인도를 소개하는 역할의 측면에서 힌두교의 역할이 밝혀졌습니다. 서구적 형태의 영토화의 구성물로서 인도를 들여다보고, 그런 다음 그것을 하나의 국가로 받아들인다는 개념은 **틸락**과 같은 지도자, **그리고 나중에는 사바르카르**와 **골왈카르**에 의해, **그리고 RSS(Rashtriya Swayam Sevak Sangha)**와 그 정치적 제휴 단위인 *Jan Sangha* 의 형성에 이르기까지, 오늘날의 **Bharatiya Janata Party** 에 의해 결코 보이지 않았다. 인도의 영혼을 위한 투쟁은 독립 이전부터 그리고 독립 후에도 계속되어 왔다. 다만 그것을 표현하는 패턴과 스타일만 바뀌었을 뿐이다. 자세히 들여다보면, 역사적 근거를 가진 인도를 상상하는 형태의 힌두교적 자부심이라는 개념은 오랜 기간 동안 항상 회복력을 정의하는 자랑스러운 전통을 가진 마하라슈트라에서 비롯되었습니다. 영국군이 우리를 정복하기 훨씬 이전부터 *마라타의* 자부심은 앞서 언급했듯이 독립 전후에 침략자들에 맞서 싸워온 오랜 역사의 이야기였습니다. 이러한 탄력적인 태도는 모든 운동에 매우 중요한 강한 자기 정체성, 자부심, 자부심으로 뒷받침되었으며, 힌두교의 통합 요소라는 고어적인 용어로 나타났습니다. 오늘날 람 만디르와 람 라자야에 대한 전체 생각은 양극화되고 있을지도 모른다: 피비린내 나는 역사에도 불구하고 수세기에 걸쳐 정상화된 힌두교도와 무슬림의 유기적 공존의 복잡성이 좌파가 서고 싶어하는 곳이다. 그러나 정체성 측면에서 혼란과 혼돈이 있는 인도 정치의 선은 그 중간 어딘가에 있다. 역사의 큰 시기부터 지금까지 인도 정치의 개념은 봉건제, 식민지 제도 등의 광범위한 개념을 중심으로 납치된 것처럼 보입니다. 또한 **Ashoka, Buddha, Chanakya**, 그리고 물론 식민지 시대의 **Gandhi**, 현재의 **Narendra Modi** 까지 몇 가지 이름이 때때로 떨어집니다. **페리야르(Periyar), 사르다르 파텔(Sardar Patel), 네타지 보스(Netaji Bose), 네루(Nehru), 심지어 진나(Jinnah)**와 같은 다른 정치 지도자들도 정치 토론에 언급되어 있다는 점을 잊지 마십시오. 그러나 인도 정치와 그 발전에 대한 아이디어는 일부 색상이 더 많이 지배하는 만화경과 같습니다. 색깔을 본다면 현재 왕조 정치의 형태로 가장하는 봉건 영주들의 방식에서 더 많이 발견 될 것입니다. 그러나 이러한 정치의 기원은 식민지 시대와 식민지 이후의 오랜 역사에 기인할 수 있다. 여기서 역사의 사례들은 더 오래된 제국들에서조차 포착되지 않고 있다. 누가 인도 정치를 규정하는가 하는 질문이 제기되고 있지만, 만약 변화가 있다면 인도 정치의 다음 국면은 어떻게 될 것인가. 인도의 정치가 어떻게 작동하는지는 항상 의문으로 남아 있으며, 이에 대한 답은 많은 책에서 제시되어 왔다. 상위, 중상위, 고소득층은 사회의 정점에 있고, 하층부는 '*공짜*' 경제를 가진 표밭이지만, 삶을 짊어지면서 밈의 폭풍에 휩싸인 중산층은 어떨까. 이것이 인도 정치가 권력과 카스트 방정식을 사용하는 왕조에 기초한 투표 은행 정치와 구별되는 방식으로 기능해 온 방식이다. 인도는 변화를 겪고 있지만 가장 큰 변화는 카스트 방정식과 공통의 정체성이 형성되는 하위 구역을 가로지르는 것입니다. 그렇기 때문에 이 섹션은 Tilak 시대 이후로 시작된 곳으로 다시 돌아간다는 개념에 기반한 논의를 주도하기 위해 명명되었습니다. 통일된 정체성의 힘이 그 결점에도 불구하고 역할을 하고 환원주의적 접근 방식에도 불구하고 역할을 하는 인도에 대한 생각. 무슬림의 정체성이 이질적인 것으로 간주되는 인도를 상상하는 것은 힌두교와 비슷한 뿌리를 가지고 있더라도 다른 종교로 확장될 수도 있습니다. 힌두교도와 무슬림 사이의 다리 역할을 했던 간디는 *킬라파트 운동* 연대와 같은 정치적 접근으로 유화책의 결점이 있었다. 다른 정치 사상을 가지고 있던 **네타지는** 언제 어디서나 인도 국민군을 창설하여 진정한 의미로, 비록 인도적인 방식으로라도 다문화적이고 세속적인 도구를 창조했다. 서로 다른 신앙을 가진 세 명의 군 장성들이 종교적 정체성에 얽매이지 않는 여성들을 포함시킨 것이 네타지가 이룬 것이다. 군사적 측면에서뿐만 아니라 다양한 종교적 정체성을 통합하여 압제자에 대항하여 무장 저항을 취할 수 있는 같은 동전으로 상대와 싸울 수 있는 싸움입니다. 제 2 차 세계 대전이 발발하고 있을 때, 영국이 경제적 압력으로 휘청거리고 있을 때 마법 같은 해결책을 사용한 것은 그들이 서둘러 떠나는 결과를 낳았다. 그 여파로 무슨 일이 일어났는지, 우리 모두가 알고 있는 이야기, 즉 망각의 속에 남아 있던 국가적 영웅은 네루가 총리직을 얻었고, *무슬림 연맹과 파키스탄* 건국을 달래기 위한 간디식 접근 방식에 실망하여 비폭력을 주장했던 그 자신도 **나투람 고드세의** 폭력 행위에 의해 죽었다. 그럼에도 불구하고 논란의 여지가 있는 사람이지만, 그는 모든 사람들과 함께 이사하는 것이 간디의 평화에 의해 촉진된 가족을 잃게 된다고 확신했습니다. 간디는 인도의 분할을 막는 데 실패했지만, 그에게만 책임이 있을 수 있는가? 네루, 진나, 그리고 1942 년 크립스 선교 계획이 체결되기 전에도 영국계 무슬림인 진나를 돌려세우기 위해 아대륙에 대한 거래를 성사시키기 위해 분할 계약을 체결했습니다.

지역적, 지역적, 국가적 차원에서 인도 정치의 경제: Politico Economus

인도의 정치는 초기의 잘 발달된 정치 체제의 요소를 가지고 있었지만 봉건과 식민지의 쇠퇴로 파괴된 나라가 어떻게 세계 최대의 민주주의 국가로 살아남을 수 있었는지에 대한 우려는 아니더라도 항상 놀라움의 대상이었다. 인도의 정치와 민주주의에 결함이 있다는 것은 잘 알려진 사실이지만, 인구의 수, 다양성, 종교적 분열선, 카스트 제도 등 다양한 제도는 여전히 인도를 무너뜨리지 못하고 있다. 이제 주제 제목으로 돌아가서, 많은 개발도상국이나 탈식민지 국가와 마찬가지로 정치에 대한 아이디어가 부패와 근육의 힘(인력/마피아 효과, 정치 깡패), 돈 및 정체성에 빠져 있다는 것을 이해할 필요가 있습니다. 개발에 기초한 정치는 인도가 과거의 경우나 오늘날의 농촌 또는 농업 경제이기 때문에 많은 부분을 놓쳤다. 많은 나라들에서와 마찬가지로, 도시 중산층은 여전히 정치적 토론과 숙의의 아이디어가 이 덩어리를 놓치고 있는 많은 정책에서 뒤처진 인구 계층이다. 지금은 인도의 중산층이 성장하고 있다는 말이 있지만, 아이러니하게도 중산층은 이전 시대부터 특정 정책 추진의 대상이 아니었다. 의회는 중산층의 중산층을 향한 정책적 노력이 많지 않은 상태에서 하층부로 기울었다. 이것들은 이전에 논의되지 않은 새로운 요소는 아니지만, 아이디어는 15억 명의 거대한 인구라는 공통 요소를 가진 다양한 국가에서 민주주의가 어떻게 작동하는지 강조하고 이해하는 것입니다. 인도 정치는 분명 미국의 공개적인 로비 시스템을 가지고 있지는 않지만, 적어도 테이블 아래 거래의 논리를 따른다면, 누가 중앙, 지방, 지방 정치를 통제하는지는 이미 잘 알려져 있다. 산업가, 자본주의 권력의 역할은 아무리 강조해도 지나치지 않다. 그러나 소외된 목소리라는 개념은 불행히도 지역 차원의 정치가 국민의 목소리가 되기보다는 탈식민지 정치의 혼합적 형태에 적응함에 따라 주변화된 상태로 남아 있습니다. 인도에서 직접 민주주의에 가장 가까운 형태인 판차야트 제도는 여러면에서 인도에만 독특한 인도화된 서구 민주주의의 형태로 진화했습니다. 인도의 악명 높은 관료들의 식민지 제도를 활용하면서 "*가장 어려운 시험은 인도 행정부의 중추적인 기둥 중 하나를 차지하고 있다*"며 "시스템 자체와 부패 수준에 대해 많은 비판이 있을 수 있다"고 말했다. 그럼에도 불구하고 어느 국가 체제에서나 중요한 역할을 하는 정치에서 경제의 역할을 재조명하자는 취지라는 점을 부인할 수 없다. *빈곤 정치*는 독립 이후 인도의 정치 역학에서 유행어였으며 여전히 가난한 사람들이 많은 나라라는 모호한 구별이 있었습니다. 이제 현대에 이르러 그것이 빈곤의 정치를 넘어섰는지를 두고 볼 일이다. 대답은 '예'와 '아니오'입니다. 빈곤을 둘러싼 기본 정치는 그대로 유지되었고, 유일하게 바뀐 것은 빈곤을 다루는 방식이다. 인도는 아마도 오랜 기간 동안 부와 번영이 극심한 빈곤과 공존해 온 나라일 것이다. 극도의 부와 추악한 가난의 개념은 카르마와 고통의 개념이 여전히 위안으로 주로 추종되는 사회에 대한 우리의 무관심한 태도의 일부였습니다. 빈곤을 둘러싼 많은 정치적 논쟁이 일어났고, 다차원적 빈곤의 관점에서도 빈곤이 감소한 것은 사실이다. 또한 자원의 불균형은 받아들여져야 하는 것이기 때문에 절대적인 빈곤은 어떤 사회에서도 제거될 수 없다고 주장할 수 있습니다. 그러나 빈곤 경제학을 둘러싼 정치에 대한 생각은 *가리비 하타오(Garibi Hatao*, 빈곤 퇴치) 시대 이래로 여전히 인도 전역에 종을 울리고 있습니다. 이것은 인도 정치와 동떨어져 있다고 말할 수 없는 것입니다. 빈곤을 바라보는 새로운 방식이 도입되면서 이야기가 바뀌었고, 자부심과 기업가적 사고방식의 역할이 정신 상태로서의 빈곤의 도전과 번거로움을 극복하도록 장려되었습니다. 좌파든 우파든 모든 정치 지도자의 연설에서 반복적으로 등장하는 주제입니다. 예산이 도구로 사용된다는 점에서, 매년 이러한 인구 통계를 지원하기 위한 많은 정책이 나옵니다. 그러나 미사여구와 정책 입안과는 별개로 빈곤을 둘러싼 정치에 대한 이 모든 세션 중에서, 진정한 아이디어는 정치적 정체성을 창출하는 것이었다. 빈곤은 여전히 많은 정치적 논쟁의 중심에 있지만, 패러다임의 변화는 이제 종교, 카스트 정체성, 빈곤, 실업, 그리고 여전히 많은 청년 인구와 재능이 낭비되는 지역주의와 관련하여 뒷전으로 밀려났습니다. 인도 정치는 더 쿨하게 진화했고, 소셜 미디어가 주도했으며, 새로운 브랜딩 요소가 등장했습니다. 그러나 이 모든 것의 이면에는 핵심 개인숭배가 인도 정치에서 새로운 방식으로 재창조되고 있다. 인도는 각자의 방식으로 움직이는 조각이 있는 다양한 직소 퍼즐 조각이었습니다. 우리 나라의 연방 구조는 지역 파벌주의가 여전히 헌법의 접착제에 의해 인디언 개념에 붙어있는 곳에서 진정으로 독특합니다. 우리가 뉴스를 접하고 끊임없이 늘어나는 법적 틀을 볼 때, 부패에 대한 뉴스로 가득 찬 인도 정치와 마찬가지로 좌절의 순간이 있으며, 우리는 더 밝은 부분과 용감하고 정직한 정치인들을 그리워합니다. 때때로, 고등법원의 명예로운 판사들이 하는 모호한 진술들, 예를 들어 피부와 피부를 맞대는 것은 강간이나 부자연스러운 부부간의 성관계에만 고려될 수 있다거나, M.P. 고등법원은 아내의 동의가 중요하지 않다거나, 그러나 달 표면의 어떤 얼룩이 그 광채를 앗아가지 않는 것처럼, 우리 사법부도 마찬가지인데, 사법부는 이 나라를 정상 궤도에 올려놓고, 흔들리는 민주주의가 아시아와 아프리카의 수많은 국가에서 일어났던 것처럼 완전한 혼란과 무정부 상태에 빠지지 않도록 보호한다. 우리의 현재 민주주의의 질은 의문시될 수 있으며, 이는 건강한 민주주의의 징표로서 마땅히 그래야 한다. 결론적으로 말하자면, 식민지 체제의 껍데기에서 발전된 인도 정치라는 개념은 식민지 이전의 오래된 정치 체제의 많은 부분을 씻어냈다. 문제는 시간이 지남에 따라 우리의 정치와 정치 체제가 오늘날 우리가 서 있는 권력 정치와 역학을 위해 대중을 이용해서는 안 되며, 우리가 해야 할 시간은 조작된 비디오와 온 국민을 불안하게 만드는 사후 진실 정치를 넘어서는 것입니다.

인도나 바라트가 들리나요?

Jana 또는 **Jati**, 식민지 이전의 인도 아대륙 [12]을 포함한이 광대한 땅에서 사람들을 분열시킨 국가 또는 카스트로서의 사람들의 개념. Jinnah 는 인도 이름이 채택 될 것이라고 생각하지 않았지만 Nehru 에 의해 채택 될 것이라고 생각했다는 것이 잘 문서화되어 있습니다. 한편, 명칭 채택은 제헌의회 논의 과정에서 많은 논쟁을 거쳤다. 거기서 논의는 초점이 맞춰져 있지 않고, 오히려 토론은 이름에 관한 것이 아니라 *식민지 이후의 브라운* **"Sahibs"**의 새로운 계급 대 정치적 계급 투쟁을 벌이는 토착 자부심에 관한 것이었다. 거시적 차원에서 바라보면 인도의 정치 세계는 변함이 없다. 인도라는 이름을 유지하기 위해 이름의 역학을 바꿀 필요가 있었는지 아니면 바라트와 같은 다른 이름이 더 나을 것인지에 대해 많은 논쟁과 토론이 있습니다. 그러나 아이러니하게도 인도와 바라트라는 이름을 가진 논쟁은 정치적 입장과 관련하여 오늘날에도 계속되고 있습니다. 앞서 언급했듯이 정체성 정치가 한편으로는 카스트를 넘어 종교로, 다른 한편으로는 이른바 세속주의라는 개념을 가지고 있다는 개념이다. 그것이 실제로 세속주의였든, 아니면 인도의

---

[12] *https://global.oup.com/academic/product/history-of-precolonial-india 9780199491353?lang=en&cc=au*

포용성 정치를 가장한 것을 의미하는 "*sickularism*"으로 알려진 냉소적인 것이었든, 카스트주의의 미세한 선을 발끝으로 내민 것은 인도가 수행해 온 봉건-탈식민지 혼성 정치의 더 넓은 버전이다. 우리는 나중에 경제와 사회 상황의 분열에 도달 할 것입니다. 그러나 인도라는 이름은 많은 사람들이 인더스 계곡의 이름에서 채택되었다고 말하더라도 세계 전망을 위해 채택되었지만 다른 정치적 의미를 가지고 있음을 이해해야합니다. 분명 인도라는 단어가 포함된 **인도-태평양**이라는 이름과 같은 다른 지정학적 시나리오를 가지고 있으며, 마찬가지로 인도양에 대해서도 식민지 경험에서 조각된 오늘날의 인도라는 국가의 정통성을 담고 있습니다. 바라트와 그 이름을 되살린다는 생각에 매료된 사람들은 우리의 문명에 기반한 민족 서사에 대한 아이디어를 가지고 있다. *서로 다른 자티스(Jatis, 민족)*로 존재했지만 *자나(Jana, 민족)* 또는 광활한 땅덩어리의 국민으로 양심으로 통일된 민족. 분열은 있었지만 침략 기간 동안 복잡해졌지만 무슬림과 유럽인, 특히 영국인과 포르투갈인이라는 넓은 괄호로 묶는 것은 어리석은 일입니다. 말할 것도 없이 프랑스인들도 관심을 가졌지만 그들의 영향과 중요성은 네덜란드, 덴마크 또는 스페인과 마찬가지로 어느 정도 무시할 수 있는 것으로 간주될 수 있습니다. 오늘날 인도의 정치에 대한 바라트의 생각은 과거의 옛 영광을 되찾는 것이지, 서구의 사고 체계에 중요성을 부여하는 것이 아니라, 우리가 성취할 수 있는 것은 우리의 토착 지식을 통해서라는 자신의 생각에 의존하는 것이며, 이를 [13] 위해 서구 지향적인 내러티브가 필요하지 않다는 것이다. 종교적 정체성과 카스트는 정당화될 수 있는 정치에서 특정한 역할을 하며, 그것은 도망가거나 부끄러워할 것이 아니라 오히려 포용되는 것이다. 이제 우리에게 더 많은 것을 보여줄 경제적 맥락이 있습니다. 그 나라의 모든 개인의 경제적 지위와 얽힌 정치 과정. 법의 지배 또는 통치자의 법이 질문이며, 인도와 같은 나라에 관해서는 이미 잘 알려진 답이라고 느낄 수 있습니다. 정치의 위상은 봉건적이었고 오늘날에도 여전히 그렇다. 아무 상태나 선택하면 계층이 작동하는 예를 찾을 수 있습니다. 전형적인 브라만교 구조가 아닌 방식으로 계층 역학을 바라보더라도, 즉 오늘날 인도의 정치 환경에서 소외된 사람들이 권력을 장악하고 있는 곳에서는 동일한 논리가 적용될 수 있다. 인도의 정치는 종교와 카스트에 의해 운영된다는 것을 잊지 말아야 한다. 민주주의와 인도의 일반 국민들, 글쎄요, 우리는 개인의 의견이 정치적 사고의 집단 히스테리에 의해 지배될 가능성이 가장 높은 가축 계급일지도 모릅니다. 그럼에도 불구하고 인도는 독자적인 새로운 국가 정치 민주주의 국가를 개척하는 데 성공했다. 인도에서 구조를 만드는 데 어려움이 있는 것은 역사와 문화이지만 세계에서 가장 큰 민주주의 국가가 되었습니다. 그럼에도 불구하고 간디와 네타지 사이의 구어체 차이는 명백했지만,

---

[13] *주제별 세션 / 인도 정부, 교육부*

인도를 해방시키려는 그들의 공동의 노력은 다양성 속의 통합의 기초가 되었다. 민주주의 국가로서 인도의 여정은 크기, 언어적, 종교적 이질성, 사회 경제적 차이와 같은 다양한 장애물을 통해 길을 찾는 것으로 특징 지어졌습니다. 이 나라는 또한 한 정당에서 다른 정당으로 평화롭게 권력을 이양하는 성공적인 정기 선거를 치렀으므로 정치 제도의 힘과 능력이 강조되었습니다. 그러나 이러한 결점에도 불구하고 인도의 민주주의가 완전히 완벽하지는 않다. 예를 들어, 국가가 정치적 불안정, 종교 간 갈등 또는 지역적 불화에 직면한 때가있었습니다. 마찬가지로 중요한 것은 힌두 민족주의의 부상과 세속적 침식이다. 관심사는 주로 인도의 소수자 권리 보호와 다원주의 보존에 집중되어 왔다. 그럼에도 불구하고 인도는 이 나라가 직면한 수많은 도전에도 불구하고 풍부한 문화 유산을 바탕으로 민주주의, 세속주의, 사회 정의와 같은 원칙을 수용하는 새로운 국가 정치 정체성을 확립했습니다. 이 법은 1950 년에 제정되었으며, 사회에 내재된 가치의 증진과 방어를 통해 다면적인 사회를 효과적으로 통치할 수 있도록 규정하고 있습니다. 더욱이 인도 시민들은 자신들의 권리를 위해 끊임없이 투쟁함으로써 민주주의를 형성하는 데 중요한 역할을 해왔다. 이 나라는 활발한 사법부와 활기찬 시민 사회가 없었다면 오늘날과 같은 모습으로 발전할 수 없었을 것입니다. 독립 언론사가 원할 때 뉴스를 발행하는 것처럼 정부가 국민에게 책임을 지도록 합니다.

인도는 자치권을 획득한 지 75 주년을 기념하고 있습니다. 이 간결한 시기는 이러한 정부 형태에 대한 실험이 성공적이었음을 의심할 여지 없이 시사한다. 도전적이지만 모든 역경을 견뎌내는 다원적 사회의 존재는 여전히 존재하며, 그 안에서 인도인은 다양한 성격을 유지하고 동시에 안정적인 민주주의 체제를 유지할 수 있습니다. 따라서 사람과 기관의 탄력적인 회복력과 적응력을 입증합니다. 앞으로 인도는 민주주의 원칙을 실천하고, 국민의 인권을 보호하며, 경제적 평등을 증진하기 위해 계속 노력해야 한다.

이는 복잡한 문화적 배경을 가진 모든 것을 포용하고 지속 가능한 민주주의를 구축하고자 하는 다른 국가들에게 이것이 어떻게 달성될 수 있는지를 보여줄 수 있다. 인도는 내일을 계획하면서 자국민을 위해 민주주의가 확립되도록 계속 노력해야 합니다. 만약 인도가 이러한 기둥을 강화한다면, 인도는 다른 문화를 수용할 수 있는 민주주의 제도를 만들려고 노력하는 다른 나라들에게 유용한 모델이 될 수 있다.

세계 최대의 민주주의 국가인 인도는 역사상 승리와 도전으로 가득 차 있습니다. 이 나라는 정기적인 선거, 평화로운 권력 이양, 활기찬 시민 사회를 통해 살아왔습니다. 그러나 소수 민족의 권리를 보호하고, 세속주의를 약화시키며, 경제적 평등을 증진하는 것에 대한 우려는 여전히 존재한다.

이를 실현하기 위해 인도는 인종, 종교 또는 사회적 지위에 관계없이 모든 사람의 인권 증진과 보호를 우선시해야 합니다. 여기에는 정의에 대한 평등한 접근, 언론 및 표현의 자유, 반대 의견에 대한 권리도 포함됩니다. 이 법안이 유지된다면 민주주의 구조의 회복력을 강화하고 인도 전역에서 관용과 상호 존중을 증진하는 데 도움이 될 것입니다.

2 부: 내러티브 생성 및 사회적 기준 설정.

이야기를 들려주는 방식을 바꾸십시오. 누구를 위해, 누구를 위해 일하든 상관없나요?

인류 문명과 함께 진화해 온 사회는 항상 내러티브를 창조하는 것에 관한 것이었습니다. 프로파간다(propaganda)라는 단어라는 개념은 여러 가지 방법으로 알려져 있듯이 로마 시대부터 아주 오랜 기간 동안 존재해 왔다. 내러티브를 설정한다는 아이디어는 인도에서 정체성 정치를 만드는 데 앞장서기도 했다. '간디 없는 인도'라는 제목의 이 책은 내러티브 정치라는 개념이 어떻게 존재해 왔는지에 대한 이유에서다. 인도의 의회 정당에 대한 아이디어 자체는 아일랜드인의 도움으로 인도인들에게 대표적으로 말하기위한 의제를 설정할 수있는 플랫폼을 제공하는 내러티브를 만드는 데 기반을두고 있으며, 이는 당시 영국 Raj 의 내러티브를 설정하는 개념을 의미하기도 합니다. 그들의 통치가 얼마나 자비로웠는지, 그리고 그들이 어떻게 원주민이나 우리에게 말할 수 있는 목소리를 주었는지를 보여주는 아이디어입니다. 그러나 의회 이전에도 내러티브 설정에 대한 아이디어는 식민지 시대와 독립 이후까지 초기 인도 왕국에 있었습니다. 전략가로 자주 언급되는 카우틸랴는 내러티브 설정의 개념도 언급했다.

내러티브 설정에 대한 아이디어는 식민지 시대부터 속도를 내기 시작했는데, 다른 사람의 자리를 차지한다는 아이디어는 항상 내러티브를 기반으로 하기 때문입니다. 내러티브를 조작하는 것은 항상 패권 보유의 개념에 가장 중요하며 이 아이디어는 오늘날에도 계속되고 있습니다. 그러나 내러티브를 설정하는 것은 사회 질서를 만드는 데 항상 중요하다는 것을 기억하고 기억해야 합니다. 누구를 위한 서사인지가 중요한 것이 아니라 그들이 대표되느냐 아니냐가 중요하다. 글쎄요, 그것은 표현되는 사람들이 내러티브를 설정하는 것이 중요하기 때문에 주목해야 할 것입니다. 그렇지 않다면 무엇에 관한 것입니까? 다른 많은 나라와 마찬가지로 인도 정치의 문제는 내러티브를 설정하고 누구를 위한 것인가에 관한 것이었다. 간디는 영국 통치 기간 동안 하리잔 또는 불가촉천민의 아이콘으로 그들의 권리를 위해 싸우고 식민지 지배의 장벽을 허물고 그들에게 대표를 위한 별도의 자리를 부여하려고 노력했습니다. 그러나 내러티브 설정과 싸움이라는 측면에서 더 큰 역할은 항상 소외된 사람들이 어디에 있었는지에 대한 질문으로 남아 있습니다. 싸움이 계속되고 있는 사람들, 그들의 목소리가 들려져야 했던 사람들. 이와 비슷한 이야기가 오늘날 인도에서 벌어지고 있는 상황과 관련되어 있다. 새로운 세계가 형성되고 있으며, 정치에 대한 아이디어는 이제 오프라인보다 온라인에 더 많이 존재하며, 적어도 내러티브를 창조하는 데 있어서는 더욱 그러하다. 인도도 예외는 아니며 2014 년 이후

이러한 추세가 변화했을 수 있습니다. 이야기를 만든다는 아이디어는 항상 중요했으며 미래에도 동일할 가능성이 있는 일관성과 함께 중요했습니다. 그러나 이야기의 중요한 부분은 이야기의 일부인 사람들이 이야기의 일부가 아니더라도 이야기가 전해지고 있는 내용과 이야기를 통제하는 사람입니다. 2014 년, 스토리텔링 측면에서 새로운 부활에 대한 아이디어가 더 나은 위치에 놓였는데, 이는 2004 년 캠페인 동안 Bhartiya Janata Party 에게는 효과가 없었습니다. 반(反)현직 때문이었는지, 아니면 **랄 크리슈나 아드바니(Lal Krishna Advani**)의 빛나는 인도에 대한 이야기가 전해지는 방식이었는지는 좋은 징조가 아니었지만, *"acche din"(좋은 날)* 이라는 명제는 카리스마 넘치는 **나렌드라 모디(Narendra Modi)** 현 인도 총리 밑에서 훨씬 더 잘 팔렸고, 이 장이 쓰여지고 있는 동안에도 해트트릭을 완성하고 구자라트 주 총리로서 상징적인 존재감을 지녔습니다. 상징적이라는 단어가 여기에 언급 된 이유는 그의 마법에 따라 구자라트의 상당 부분이 산업 도약과 인프라 추진으로 변화했으며 특히 정치 체제가 붕괴 된 이래로 많은 레임 덕 수석 장관이 차례로 직행했기 때문입니다. 이제 이야기 배경과 스토리텔링에 대한 질문으로 돌아가서, 앞서 언급한 **마하트마 간디** 로 알려진 사람은 스토리텔링 기술, 즉 인도에서 사람들이 적어도 대규모로 공감할 수 있는 스토리를 마스터하고 있었습니다. 식민지 시대의 수단, 즉 의사소통의 통제권을 장악하고 그들에게 적합한 메시지를 만들되 처음으로 인도인들에게 알리는 방식은 간디에 의해 대규모로 채택되었는데, 이는 간디보다 앞선 어떤 지도자도 할 수 없는 것이었다. 그의 개인적 정치 스타일은 그의 기여를 폄하하지 않고 개인의 재량에 따라 비판받을 수 있었고, 비판되어야 했으며, 또 그래야 했다. 그러나 문제는 초점을 맞추기 위한 것이 아니라 스토리텔링의 영향입니다.

변화하는 시대의 커뮤니케이션을 통한 사회에 미치는 영향

인도는 연방 국가이기 때문에 지역과 경계를 넘나드는 커뮤니케이션을 개척하는 것은 항상 어려운 일입니다. 오늘날 우리 모두가 알고 있는 간디의 이름은 그가 자신의 생각을 전국에 전달할 수 있었던 방식 때문입니다. 그는 상당한 비판을 받았지만, 그의 메시지는 대중 캠페인, 단식 투쟁을 통해 도달하고 있었다. 그 생각은 인도 국민 대부분을 알고 있는 현 총리에게도 마찬가지이며, 우리에게 정체성을 부여하고 인도인으로서 함께 느끼게 하는 것이 무엇인지에 대해서도 마찬가지였습니다. 식민지 이전 시대 동안 간디 이전 시대의 의사 소통에 대한 아이디어는 강력한 왕국이나 황제의 특정 시대를 제외하고는 단절되었습니다. 통신 기술은 존재하지 않았지만 통신은 항상 존재했습니다. 인도는 다양성을 받아들이는 사람들에 의해 항상 더 잘 관리되어 왔지만, 통일된 정체성에 대한 질문은 항상 인도의 모든 사람들이 가지고 있는 [14] 모든 커뮤니케이션 마스터플랜의

---

[14] https://medium.com/@theunitedindian9/examples-of-unity-in-diversity-in-india-

추구 요소였습니다. 식민지 개척 이전에, 마스터 플래너인 *차나키아 카우티리야(Chanakya Kautirya)와 그의 제자인 찬드라굽타 마우랴(Chandragupta Maurya*)는 오늘날 우리가 생각하고 알고 있는 것처럼 소통하기보다는 관리하는 방법에 대한 아이디어를 가지고 있었습니다. 굽타 제국은 널리 퍼져 있었고 아마도 그들이 의사 소통 한 방법은 정체성을 형성하는 것이었고, 이는 정적인 형태의 타락한 형태가 아닌 전문적인 기술과 전문 지식에 기반한 카스트 시스템을 만드는 것이 었습니다. 남부의 **촐라 왕국** 은 제국화가 이루어지기 훨씬 전부터 자신들의 문화적 가치를 전파해 왔다. 그들이 사원을 만드는 방법, *Chandragupta 의 손자 Ashoka* 가 북쪽에서 기둥 형태로 한 랜드 마크는 자신의 존재를 알리는 것과 같은 아이디어가있었습니다. 왕국의 통신 계획을 실행하는 데 있어서 유일한 길은 접근하는 방법이었다. 그러나 사람들에게 존재를 알리고 정체성을 받아들이는 것이 그것을 균일하게 만드는 것입니다. 따라서 정체성을 구축하는 것에 대한 정체성과 커뮤니케이션에 대한 아이디어는 잊혀지거나 무시할 수 없는 매우 다른 역할을 합니다. 그러므로, 이것이 이 책의 장이 나아가야 할 길이다. 커뮤니케이션은 사회에 미치는 영향의 핵심 구성 요소였으며 앞으로도 그럴 것입니다. 식민지 개척자들은 영국인이든

0edcd020a0d9#:~:text=India%2C%20with%20its%20rich%20variety,side%20by%20side%20in%20peace.

포르투갈인이든, 그리고 식민지 인도에서도 프랑스인뿐만 아니라 어느 정도는 처음으로 통신을 원하고 통제했습니다. 식민지 개척자들에 의해 형성된 사회의 개념은 그들이 경찰, 군대, 통신을 통제할 수 있었기 때문이었다. 교육. 전통 또는 전통과 서양의 조합에 초점을 맞춘 일부 독립 교육 기관이 있었지만. 그러나 그들의 통치를 정당화하고, 정당화하고, 강요하기 위한 의사소통은 그들이 의사소통을 창조하는 방식과 수백만 명의 원주민을 조종하기 위해 통제되어 온 방식에 의해 명백히 지시되었다. 인도인을 위한 인도에 대한 생각은 마하트마 간디(Mahatma Gandhi)나 유럽과 일본에서 온 네타지(Netaji)의 연설 등 근대적 의사소통의 시작이 닿을 수 있을 때 나왔다. 이것은 전 세계의 역사 연대기에서 볼 수 있습니다. 우리가 제시하고자 하는 것에 비해 인도인의 자기 정체성이 제시되어야 하는 방식에 있어서도, 상상할 수 있을 정도로 다른 식민지 국가들과 마찬가지로 자유 투쟁의 본질이었다. 오늘날 종교 정치의 개념은 인도 정치의 의사소통의 본질이라는 측면에서 논의되고 있지만, 이는 식민지 시대와 수천 년 전의[15] 지난 100년 동안 종교에 의존해 온 인도 정치 시나리오의 반복에 지나지 않는다. 인도의 복잡한 사회적 맥락을 이해하고 이해하려면 과거와 현재의 단편으로 분해하는 것이 더 쉽습니다. 지금까지 그래왔고 지금도 그러하겠지만, 과거와 현재를 바라보는 끊임없는

---

[15] https://www.britannica.com/place/India/Government-and-politics

시선이 존재할 수밖에 없는 커뮤니케이션의 중요성은 아무리 강조해도 지나치지 않습니다. 우리 나라에서는 독립 이후에도 많은 사람들이 동일한 통신을 통제하려고 시도했는데, 이는 비상사태 동안에 보아왔던 것과 같다. 특히 모디 총리의 리더십 출범 이후 소셜 미디어의 출현으로 미디어 내러티브를 통제하는 것은 새로운 시대가 열렸기 때문에 부인할 수 없는 사실입니다. 그러나 장기적으로 볼 때 어떤 영향을 미치는가 하면, 그것은 시도한 역사의 연대기에서만 찾을 수 있는 것이다. 인도에서 작동하는 민주주의 체제와 인도 정당들의 정치 이데올로기는 식민지 체제의 잔재가 거의 남아 있지 않으며, 국가 정치에서 중요한 젊은 지도자, 기술 관료 또는 사회 활동가가 여전히 거의 없습니다. 미디어의 지배는 지난 10 여 년 동안 진행되어 온 선전을 위한 새로운 수준에 도달했으며, 우리가 지금 입장을 취하지 않는다면 인도와 바라트의 차이는 더 극명해질 것이며, 이는 피상적으로 치유될 수 없을 것이다.

히틀러와 스탈린 속에서: 트럼프와 푸틴을 넘어 새로운 인도를 위한

인도에 대한 새로운 내러티브는 소외된 뉴스에 접근하기가 더 어려울 수 있는 새로운 접선에 있습니다. 독재 정권이나 독재 정치의 세계는 대중이 소수에 의해 지배될 수도 있고 단지 "손"에 의해 지배될 수도 있다는 것을 역사적으로 보여주었다 *(여기서는 인도 국민회의를 위한 말장난이 아니다)*. 실제로, 파시스트 손 경례의 유명한 손을 든 것을 볼 수 있었지만 그것이 인도와 어떻게 관련이 있습니까? 왜냐하면 인도에 대한 개념은 본질적으로 봉건적인 민주주의이기 때문인데, 이는 많은 비도시 인구에게는 여전히 나 같은 도시 작가가 대체로 이해할 수 없는 것이다. 그래도 인도는 어떻게 움직일까요? 이 하위 장의 제목에서 몇 가지 이름을 제안했습니다. 실제로 *인도는 독일 헌법에서 차용해 히틀러의 파시스트 정권이 사용하던 헌법의 비상사태 조항을 이용해 민주주의가 폐지되는 비상사태를 맞은 적이 있다.* 인도는 초기에는 취약한 민주주의 국가였고 오늘날에도 여전히 그 과정에서 버벅거리고 있지만, 적어도 서류상으로는 민주주의를 굳건히 했으며 여전히 의문이 남아 있습니다. 그러나 가장 중요한 것은 고(故) **인디라 간디(Indira Gandhi)** 정권과 2024년에 국민의 명령에 의해 다시 어느 정도 축소된 선거 위임이 다수를 지지하는 현재를 제외하면, 인도의 민주주의는 여전히 잘못되어 있다는 것이다. 벵골, 케랄라, 트리푸라와 같은 국가는 오랫동안 공산주의 기반 정부의 유산을 가지고 있었고 벵골과 같은 국가에서는 사회 경제적 접근 방식에 대한 논란이 있었지만 여전히 인도 민주주의는 살아남았지만 인도는 어떤 단계에서도 좌익 공산주의나 극우 정치에 완전히 무너지지 않았습니다. 문제는 그것이 생생하고 더 중요하게는 모든 것을 포괄한다는 것입니다. 인도의 여러 지역에 적색 테러 회랑이 있음에도 불구하고, 바스타르를 핵심 공산주의 지역으로 가지고 있는 정도는 줄어들고 어느 정도 축소되었습니다. 그들의 폭력과 투쟁은 **콜롬비아의 F.A.R.C.** 와 매우 흡사하며, 특정 국가가 후원하는 인도의 공산주의 주들, 특히 서벵골 주들에서 공산주의의 당 노선을 따르고 있느냐 그렇지 않느냐에 따라 스탈린주의의 색채가 있다고 말할 수 있는 나라들에서 일어났다. 그러나 민주주의의 질식이나 소외된 사람들의 행동이 사라지는 것은 우리에게 이 소외된 사람들이 누구인지에 대한 질문으로 우리를 이끌 것이다. 인도라는 나라에 대한 질문에 관해서는, 우리의 *H.D.I. 순위는 항상 130-140 범위를 맴돌고 있으며, 이에 대한 통계는 약간의 소금으로 받아들여야* 합니다. 진짜 걱정은 민주주의가 과연 유지되고 생존할 수 있을까 하는 것인데, 국민 대다수가 힘겨워하고 고통받고 있다. 인도는 빈곤 감소라는 측면에서 엄청난 일을 해냈는데, 이는 중국 다음으로 기적이었습니다. 인도는 놀라울 정도로 잘 해왔지만, 문제는 인도의 민주주의가 어떻게 작동했는지,

또는 지금까지 어떻게 작동했는지에 대한 것으로 돌아온다. 식민지 시대의 대중은 간디와 같은 국가적 얼굴의 지도 아래 있었고, 오늘날에도 적어도 한 얼굴은 아닐지라도 우리는 여전히 대중에 기반한 *(물리학적 민주주의가 아닌)* 민주주의입니다. 숫자로 만들어주는 사람들이 세계 최대의 민주주의 국가를 만들지만, 그것이 얼마나 의미가 있는지는 항상 의문으로 제기되어 왔다. 기본을 위한 투쟁이 여전히 계속되고 있는 이 나라에서, 민주주의는 여전히 식민지 시대의 잔재를 기반으로 작동하고 있습니다. 인도는 많은 문제와 물론 다양성을 가지고 있음에도 불구하고 이 나라가 어떻게 운영되고 있는지에 대해 평론가들에게 항상 당혹감을 안겨주었습니다. 인도 민주주의의 첫 걸음은 식민지 시대에 인도 최초의 대중 지도자인 간디가 인도 민주주의가 어떻게 형성되어 왔는지에 대해 지울 수 없는 흔적을 남겼을 때 설정되었을 것입니다. 인도에서 민주주의를 위한 길은 (민주주의의 해석에 따르면) 한 사람이 대중을 이끄는 시대를 위해 설정된 사고방식에서 만들어졌다. 간디의 비폭력과 도덕에 기초한 접근법의 원칙은 편리하게 간과되어 왔다. 따라서 전반적으로 인도의 민주주의에 대한 질문은 우리의 첫 걸음 이래로 대중 기반과 대중 주도의 문제였으며, 일반 대중이 숫자를 보충하고 숫자에 기반한 민주주의를 이끌고 창조한다는 아이디어가 있었습니다. 인도가 자랑스러워할 수 있는 것들이 너무나 많은 것이 사실이며, 특히 민주주의의 발전과 관련하여, 인도는 정해진 시간 내에 자유를 얻기 위해 고군분투할 것이며, 설령 자유를 얻는다 하더라도 무너질 것이라고 생각되었습니다. 그러나 어찌된 일인지 강력한 적에 맞서 비폭력에 기반을 둔 접근법을 가지고 있음에도 불구하고 결코 포기하지 않는 간디의 불굴의 정신은 오늘날에도 우리 안에서 민주주의의 불꽃을 계속 타오르게 하고 있습니다. 직접 민주주의의 요소와 관련하여, 최고의 제도는 간디가 마을 사람들에게 목소리를 내고자 하는 그의 생각을 바탕으로 고안한 것입니다. 과거의 전통이 인도와 같은 국가의 필요성 또는 그에 대한 생각과 뒤섞여 있었고, 그것은 지리멸렬한 땅덩어리에서 제국주의 식민지화라는 씁쓸하지만 어쩌면 필요한 약과 함께 다가오고 있었다. 대중이 주도한 직접민주주의의 개념은 그러나 훨씬 더 이해관계자 지향적인 수준에서 판차야트(panchayat) 또는 스위스의 주(州)에서 명백히 드러나는 우리 자신의 직접민주주의에 대한 간디의 생각이었다. 인도는 15억 명 이상의 인구의 땅이며 파푸아뉴기니를 제외하고 인도는 아시아에서 가장 다양한 17 위에 [16] 랭크된 다양성을 가지고 있습니다. 이제 인구와 세계에서 일곱 번째로 큰 국가를 예로 들면, 그것은 우리가 미국 민주주의의 유산을 우회하는 데 도움이 되며, 그 부서의 원래 갱스터, 진정으로 민주주의의 인도 춤 또는 민주주의의 옷을 입은 혼돈과 봉건제의 춤은 여전히 어느 정도 공로를

---

[16] *세계에서 가장 문화적으로 다양한 (그리고 가장 적은) 국가 | 퓨 리서치 센터(Pew Research Center)*

인정받을 가치가 있습니다. 사실, 우리의 민주주의가 기능하는 것 또한 소중히 여길 가치가 있는 특권이라는 것에 의문을 제기할 수 있고 아마도 의문을 제기해야 하는 많은 경우가 있습니다. 간디의 투쟁과 그의 철학적, 도덕적 입장은 너무 많이 언급되거나 쓰여졌으며, 이것이 바로 이 글쓰기 작품에 대한 이러한 노력으로의 도약을 이끄는 것입니다. 그러나 다른 사람들이 꿈꾸었던 통치 형태에 대한 아이디어는 어떠한가? 일반적으로 네타지와 간디가 서로 다른 두 진영 출신이라는 말이나 느낌이 있는데, 이는 사실과 가장 거리가 먼 것입니다. 그들은 같은 진영 출신이었고 목표에 대한 접근 방식이 매우 달랐습니다. 전자는 대중을 이끄는 방식과 대중의 힘을 믿는 사람이었는데, *이는 백인* 과 때로는 갈색 사히브의 명령을 받는 라티에 대해 일종의 도덕적 우월성을 가진 갈색 피부의 경찰력을 양보하는 갈색 피부의 경찰력이었다. 다른 한편으로는, 네타지와 그와 같은 생각을 가진 동지들, 특히 혁명가들의 각본은 우리인 인민을 위해 제한적이고 제한적인 방식으로 영국의 지배자들이 제공하던 무기의 힘에 합류하든지 아니면 그렇지 않거나, 둘 중 하나였다.

변화가 되십시오, 낡은 것을 쓸어버리십시오 : 우리는 우리의 자유와 자기 통치를 위해 피를 흘린 사람들의 꿈에서 벗어났습니까?

오늘날 존재하는 인도에 대한 개념 자체는 인도 전역에 흩어져있는 토착 또는 부족 집단에서 시작된 진화의 총합이며, 북쪽과 서쪽, 남쪽 [17]에서도 도시화 된 문명 형태입니다. 반면 박트리아나 중앙아시아 지역에서 이주하거나 이주한 사람들이 있었다. 이것은 아리아인 대 드라비다인의 침략 이론에 대한 논쟁에 들어가서는 안 되는데, 이것은 이 책의 목적이 아니기 때문이다. 침략과 정착의 문제에 관해서는 매우 중요한 역할을합니다. 인도 역사의 방식은 매우 환원주의적인 방식으로 또는 단순화된 접근 방식으로 본다면, 적어도 주후 1100-1200 년까지 북쪽이든 남쪽이든 힌두 왕국 아래에 있었다고 볼 수 있습니다. [18]그 후 이슬람의 침략이 인도 전역으로 퍼져나가기 시작했는데, 이는 케랄라의 모플라나 가즈니의 마흐무드

---

[17] *고대 인도 - World History Encyclopedia*

[18] *http://www.geographia.com/india/india02.htm*

외에도 신드의 아랍 침략과 같은 이슬람 신앙을 가진 사람들이 있었기 때문에 비판받을 수 있습니다. 그래서, 사회-종교적 문화적 영향력 [19]의 두 번째 물결의 맹공격에 대한 성공과 패배가 혼합되어 왔다. 델리 술탄국에서 한때 강력했던 무굴 제국에 이르기까지 중세부터 근대에 이르기까지 봉건적 방식으로 인도 정치 기능의 핵심에 있었습니다. 벵골 술탄국, 마라타 제국, 오드나 러크나우의 나와브, 마이소르 지역의 티푸 술탄이라는 등식이 있지만, 거의 온화한 라지푸트 왕국과 동인도 회사의 유럽 시리즈가 인도 해안에 정박할 무렵의 작은 제후국들과는 별개로. 첫 번째이자 가장 중요한 것은 프랑스와 영국의 동인도 회사였는데, 그들은 아대륙 땅 덩어리에 대한 이 직소 퍼즐에 참여하기를 열망했다. 무굴 술탄국 (Mughal sultanate)의 중앙 권력 또는 델리 출신의 소위 권력은 쇠퇴 단계에 있었고 마지막 다리 직전에 있었습니다. ***라지푸트, 티푸, 마라타스와*** 같은 지역 세력이 당시에 연합하여 ***영국이나 프랑스의 동인도*** 회사가 민족주의의 마인드를 사용하여 지역 장벽을 극복하는 데 도움을 주었다면, 분명히 나를 비롯한 다른 저명한 역사가들은 인도와 아대륙 역사에 대한 다른 이야기를 썼을 것이다. 인도는 항상 유기적으로 다문화적이라는 문제를 안고 있었고, 이는 우리에게 힘을 주지만, 또한 우리의 많은 층층적인 역사와 오늘날의 인도를 정의하는 침략의 물결의

---

[19] https://www.britannica.com/place/India/Society-and-culture

원천이었습니다. 인도의 정체성은 식민지 시대 이래로, 그리고 그 이전 시대, 그리고 오늘날까지도 항상 의문이었다. 종교적 정체성, 카스트 정치의 개념은 인도에 대한 개념을 얻는 것이 카스트 정치뿐만 아니라 지역적 장벽이나 언어 정체성을 극복해야만 가능하기 때문에 인도를 정의합니다. 비마 코레가온(Bhima Koregaon)의 사건에서 방금 언급한 하위 지역주의에 이르기까지, 이 **"신기루 국가"** 를 직소 퍼즐 형태로 만든다는 아이디어는 그 자체로 인도로 알려진 불가사의입니다. **V.S. Naipaul 과 A.L. Baisham** 의 진정한 작품은 *윈스턴 처칠*이 무시했던 **분열된 국가의 뉘앙스를 반영하는 인도의** 본질과 다양성을 포착했습니다. 간디가 국가의 공식적인 아버지는 아니었지만 적어도 무굴 제국의 멸망 이후 권력 공백으로 고통 받고있는이 다양한 땅덩어리의 대중을 통합하는 데 앞장서고있는 힘은 사실입니다. 아쇼카에서 아크바르에 이르기까지, 그들의 여정은 유혈과 정복으로 시작되었음에도 불구하고 인도 극단주의를 관리하는 것이 옳지 않다는 것을 알고 있는 실용적이거나 다소 역동적인 황제의 사례가 몇 명 되지 않습니다. 적어도 최근에는 인도의 역사적 패턴이 새로운 목소리를 내고 있으며, 우리의 승리한 과거에 대한 이야기가 나오기 시작했고, *산지브 산얄(Sanjeev Sanyal)과 비크람 삼패스(Vikram Sampath)*의 작품이 인도의 새로운 이미지를 가져왔습니다. 미묘한 인도에 대한 아이디어는 Shashi Tharoor 박사에 의해 제기되었거나 Late Sushma Swaraj 의

청지기 이후 *Jaishankar* 박사의 현재에 이르기까지 현 정부 하의 비전 외교 정책의 새로운 역학 측면에서 제기되었습니다. 그래서 인도에 대한 이야기는 변하고 있지만, 인도에 대한 생각과 인도가 어떻게 평등할 수 있는지에 대한 질문으로 우리를 이끌어 줄 질문이 있습니다.

간디의 경제학, 농촌 desi에서 신흥 산업화 국가와 억만 장자 raj

*모한다스 간디(Mohandas Gandhi)*가 꿈꾸었던 인도는 중소 산업이 주도할 수 있는 자립 경제라는 이념에 기반을 두고 있었다. 그 아이디어는 그 당시에는 대부분 제국주의 유럽의 대기업과 동일시되었던 대기업을 막는 것이 조건화되어 있었습니다. 그 당시의 관점에서 본다면 그 생각이 완전히 틀렸다고 볼 수 있는 것은 아니지만, 외세의 지배의 사슬에 완전히 묶여 있는 자립적인 인도에 대한 생각은 완전히 틀렸다. *"아트마 니르바르" 바라트(Atma Nirbhar Bharat)*로 판매되는 오늘날의 자립적인 인도에 대한 아이디어는 이러한 아이디어에서 비롯된 것일 수 있습니다. 오늘날 인도는 정치적 독립을 한 지 75주년을 넘었지만, 우리는 자유로운가에 대한 의문이 항상 제기됩니다. 이것은 매우 고압적인 것처럼 보일 수 있으며, 특권을 가진 위치에서 들어온 것처럼 보일 수 있는데, 왜냐하면 저는 정부를 비판하고 질문할 기회를 얻었고, 그것이 바로 자유에 관한 것이기 때문입니다. 자유 투쟁 기간 동안 인도에 대한 생각은 그 자체로 다른 견해를 가지고 있었다. 간디의 경제학 학파가 있었는데, 그것은 자립과 농촌 경제로의 회귀에 기초를 두었습니다. 그리고 네타지 보스(Netaji Bose)와 네루비안(Nehruvian)이 소비에트 스타일의 산업화에

의존하는 방식도 있었다. 왜 제국주의 서방이 아닌 소비에트가 주로 러시아를 일으키는가, 혁명 이후 소비에트 러시아는 억압받는 민족이나 소외된 민족의 등불로 여겨졌다. 제 2 차 세계대전 중 네타지가 초기에 러시아와 동맹을 맺으려 했던 것이나 네루가 비동맹 입장을 유지했음에도 불구하고 공동체 진영으로 더 많이 들어간 것, 그리고 마지막으로 사바르카르가 레닌에게 손을 내민 것은 고립된 사건이 아니라 엄지 손가락을 내리고 기업과 같은 구조에 의해 통제되는 제국의 수치에 대한 해독제가 될 수 있는 평등주의적 경제를 창출하려는 아이디어가 항상 존재했습니다. 말 그대로 상품을 거래하고 향신료를 사러 온 회사가 아대륙 전체를 **"구매"** 한 것은 아이러니입니다. 이곳은 새로운 인도에 대한 아이디어가 새겨진 곳이지만, 우리가 이 글을 쓰고 있는 지금 이 순간에도 많은 물이 갠지스 강을 통해 흘러내려왔고, 오늘날 우리가 억만장자 라지에 대해 이야기합니다. 영국의 Raj 에 대한 냉소적인 해석으로, 우리와 같은 피부색과 땅을 가진 사람들이 불평등이 증가하는 가운데 부를 축적하고 있을 수 있습니다. 그 보고서들은 오늘날 인도가 식민지 시대보다 더 많은 불평등을 겪고 있음을 시사한다. 이보다 더 아이러니하고 고통스러운 당혹감이 될 수 있는 것은 우리의 자유 투사들이 살아 있다면, 그리고 더 이상 우리와 함께하지 않는 사람들에게 영혼에 대한 것입니다. 오늘날 인도 경제는 1%의 국민이 부의 65% 이상을 차지하는 최상위층으로 치우쳐 있으며, 그것 역시 온건한 추정치입니다. 인도 경제의 기업화는 유럽 제국주의에서 현대 인도 기업[20]에 이르기까지 완전한 순환을 이루었다. 그 당시 동인도 회사는 인도 왕자에게 사례금을 지불하고 그 대가로 세금을 징수하고 부를 빼내곤 했습니다. 불행히도 오늘날 인도 민주주의와 다당제, 다양한 색상의 정치 깃발의 탈을 쓰고 있지만 다르지 않습니다. 모한다스 간디(Mohandas Gandhi)가 제안한 인도 경제학의 아이디어는 지역 강화에 관한 것이었다. 인도 경제는 오늘날에도 많은 주에서 여전히 어려움을 겪고 있지만, 진짜 걱정은 오늘날에도 기업과 정치 팀 간의 결탁이 **윈스턴 처칠**의 회의론을 떠올리게 한다는 것입니다. 그는 인도의 독립을 추구한다는 생각 자체를 무시했으며, 인도가 자유로워진다면 그것은 깡패와 약탈자에 의해 통치될 것이라고 농담을 했다. 비록 말장난이 의도한 것은 아니었지만 아이러니하게도 그의 평가는 빗나갔다. 인도의 지도자들이 지푸라기라도 잡는 심정으로 통치에 적합하지 않다는 또 다른 예측은 오늘날 세계 정세의 반전으로 인해 인도에서 인종적 총리가 기원한 것으로 보인다. 우리나라가 독립 한 이래 인도의 정치적 역학은 **Roti, Kapda aur Makaan (음식, 옷 및 주택)** 의 기본에 부딪혔지만 그 사이에 정치인들은 전부는 아니지만 대다수가 부유해졌습니다. 반면 세계 최대의 민주주의 국가인 인도는 유권자가 대표를 선출할

---

[20] *https://www.bloomberg.com/opinion/articles/2024-03-25/india-election-billionaire-raj-is-backing-modi-and-leading-to-autocracy*

수 있도록 하는 보편적인 성인 프랜차이즈 시스템을 갖추고 있습니다. 그러나 문제는 경제의 힘과 식민지 시대 이래 실제 정치 기구를 누가 통제하는 방식으로 귀결된다. 권력을 쥔 사람들의 피부색과 인종은 변했을지 모르지만, 진정한 변화는 도래했는가? 이것이 바로 인도가 직면해 온 '라지 증후군(raj syndrome)'의 역동성을 불러오는 질문이다. 많은 사람들에게 중요한 진정한 변화를 위해 그늘 아래에서 일하고 있는 인도의 사람들은 길을 잃었거나 알려지지 않은 사람들이지, 명성을 찾는 것이 아닙니다. 여전히 인도 정치의 개념은 빈곤의 경제학, 또는 우리를 이끄는 올리가르히(Oligarch)로 더 잘 알려진 정실 자본주의 구조에 의해 추동되고 있다. 인도에서 성공한 현대 기업가의 이야기는 나중에 나올 것입니다. 폴란드에서 온 한 교환학생이 콜카타에서 나에게 거대한 건물 바로 아래에 노숙자들이 잠을 자는 아이러니가 얼마나 아이러니한지를 물었다. 노숙자가 서구에 없는 것은 아니지만 우리 도시의 순전한 숫자와 추악한 대비는 *Jolly LLB* 에서 훌륭하게 묘사된 것입니다. 그들은 황량하고 황량하며 황량한 고용 기회에서 벗어나기 위해 도시의 밝은 공간에 끌리는 많은 사람들에게 사람들이거나 "해충"일 수 있습니다. 그들은 농촌 지역에서 소외되거나 보이지 않는 곳에서 벗어나기 위해 도시의 밝은 공간에 끌립니다. 최근 아다니가 빈민가 재개발을 인수했다는 소식은 우리가 특정 기업의 변덕에 따라 회사처럼 운영되는 나라에 살고 있다는 말과 같다. 제목에서 알 수 있듯이 *억만장자 라지(Billionaire*

Raj)와 다른 책에서 그 이름을 딴 책이 나왔기 때문에 빈곤의 정치는 곧 사라질 것 같지 않다. 이제 인도의 정책이 깨어나 국민을 위해 일하고 평등주의적 개발의 외투를 다지는 조치를 취해야 할 때입니다. 정부 자료는 빈곤과 실업률이 감소했음을 보여주지만 식량 안보와 기아 지수에 대한 자료는 우리가 방글라데시와 파키스탄보다 아래로 내려갔다는 것을 보여주며, 우리 인도인들이 많은 사람들에게 트롤링하기를 좋아하는 나라인 세 번째로 큰 경제를 보증으로 말하면서 방글라데시는 1 인당 소득에서 우리보다 몇 년 앞서 있습니다! 방글라데시의 인구와 우리의 인구를 비교하면 방글라데시도 상당한 인구를 가지고 있고 우리와 비교하면 아무것도 아니라는 것을 잊지 않기 위한 편리한 핑계가 될 수 있지만, 우리는 그것을 우리의 자부심의 방패로 사용하여 약 8 억 명의 사람들이 코로나로 인해 무료 배급을 받는 것에 대해 신경 쓰지 않고 오히려 그것에 대해 설교합니다. 보세요, 이게 얼마나 대단한 업적인가요?! 아첨과 미사여구는 현직 의원과 반대자 모두 유죄가 될 수 있는 정도까지만 갈 수 있다. K 또는 V 그래프의 경제 정책은 잊어버리고, 전 세계 사람들은 기본 사항을 다루어야 하며, 인도도 200 년 이상 동안 싸워온 것과 다르지 않습니다.

Hey Ram 에서 Ram Rajya 까지 인도의 I.P.L. (Indian Political League)

인도 정치에는 **"아야 람, 가야 람"** 과 같은 매우 악명 높은 속담이 있는데, 이는 하룻밤에 하리 아나에서 여러 번 또는 정확히 약 4 번 변한 람이라는 사람을 기반으로합니다. 처칠 시절로 돌아가서, 그는 항상 인도의 지도자들을 무시했다. 그는 내가 조금 전에 말한 것을 믿었다. 여전히 지저분하고 다양하며 한 국가에서 44 일 동안 선거가 열리는 기괴한 일로 간주되는 인도 정치!! 상상해보세요!! 비록 한 국가를 위한 위임통치를 도입하는 미래가 바뀔 수 있지만, 인도에서 한 번의 선거가 치러지는데, 인도는 그것을 가능하게 하는 세계 모든 국가 중 가장 큰 선거가 될 것입니다. 특히 인도의 정치는 문제가 되는 민주주의의 이데올로기나 도덕성에 대한 배려 없이 같은 사람이 정당을 바꾸는 정치였다. 서구 민주주의 국가에서는 상상도 할 수 없는 일이지만, 인도에서는 크리켓 광란의 인도 여름 서커스에서 인도 프리미어 리그의 선수가 스포츠로 포장된 카니발과 같은 곳에서 프랜차이즈 저지와 같이 가장 이익이 되는 파티를 위해 저지 색상을 바꾸는 것과 같습니다. 윈스턴 처칠(Winston Churchill)의 예언은 인도의 민주주의에 이보다 더 예언적이고 적절할 수 없었다. 우리

국회의원에 대한 형사 사건의 비율은 동남아시아의 싱가포르까지 거슬러 올라갑니다. 비록 실제보다 더 큰 이미지를 가진 인도와 현재의 지도자가 중국과 같은 독재 사회의 공격적인 자세에 대항하기 위해 소위 "민주적" 인도에 구애하려는 서방 국가들에 의해 인정과 명성을 얻은 것도 사실이지만. 우리 나라의 기초는 그 자체로 특정 사건에 기반을 두고 있으며, 의문을 제기할 수 있는 지도력을 가진 사람들이지만 사회의 첫 번째 수호자가 되는 이점을 제공하는 여유를 위해 인도 민주주의의 틀이 설정되었습니다. 인도가 그 자체의 오류를 가진 민주주의 국가가 될 수 있다는 생각 자체가 백인 영국 남성들의 정신 영역에 있을 것이라고는 결코 기대되지 않았다. '**파키스**'를 제외하고는 아대륙 사람들에 대한 인종 비방이라는 측면에서 '**웍스(Wogs)**'라고 불렸던 이들은 민주주의가 흔들리고 있음에도 불구하고 여전히 노력하고 투쟁하고 있으며, 지난 몇 년 동안 서구 싱크탱크, 미디어 채널 등에서 언론의 자유와 민주주의의 질에 대한 주장에 의문을 제기해 왔습니다. 오늘날 식민지 지배자들의 땅, 특히 영국과 그 수도가 런던으로 불리는 것은 다른 이야기입니다. 파키스탄 조상 출신의 런던 사디크 칸 시장과 영국 경제가 가라앉고 범죄가 증가하는 시기에 리시 수낙이 다우닝가 10번지의 시장직을 맡은 것은 남아프리카 공화국 태생의 영국 크리켓 선수 케빈 피터슨이 강도가 두려워 손목시계를 버리게 만든 두려움으로 윈스턴 처칠을 무덤으로 돌려세우게 만들었을 것입니다. 다시 세계 최대의 민주주의 국가인 인도는 여전히 봉건적 성격을 띠고 있으며, 권력 역학은 여전히 소수의 손에 달려 있으며, 부족, 달리트, 나마슈드라 또는 하위 카스트에 속한 사람들에게 귀속되는 정체성 질문은 여전히 우리가 찾을 수 없는 질문입니다. 인도의 초대 총리인 네루는 간디와 가까웠음에도 불구하고 자신만의 앵글로필러가 되는 방식을 가지고 있었고 그의 접근 방식은 엘리트주의적이었고 더 나은 단어가 없었기 때문에 Md 와 마찬가지로 영국화되거나 서구화된 사람이었습니다. 아이러니하게도 파키스탄 건국의 선구자였던 알리 진나(Ali Jinnah)는 흡연과 음주에 중독되었음에도 불구하고 무슬림을 위한 별도의 땅을 원했다. 모든 것을 말하고 행한 모든 것에 따르면, 종교는 식민지 시대 이전부터 한동안 인도 정치의 정체성의 중심이었으며, 유럽이나 영국 식민지 개척자들에 의해 그들의 흔적이나 지울 수 없는 흔적을 남기는 세 번째이자 마지막 힘으로 활용되었습니다. 아요디아 사원(Ayodhya temple)을 만들거나 람 라자야(Ram Rajya) 또는 가장 중요하게는 헤이 람(Hey Ram)을 인사의 표시로 만드는 것은 인도 정치의 우익 스펙트럼과 일치하는 정치적 정체성의 표시가 되었습니다. 아이러니하게도 **이 말은 이미** 언급했듯이 극우파 성향의 나투람 고드세(Nathuram Godse)가 나라 분단 이후 간디가 내뱉은 말과 같은 단어였다. 시간은 인도 아대륙 위로 많이 흘렀고, 우리는 사회주의의 눈속임이나 가짜 민족주의에 빠지는 실수를 범해서는 안 됩니다. 둘 다 함께 혼합되면 악명 높은 **나치** 정권에서 볼 수 있듯이 세계 역사의 역학 관계를 바꾼 훨씬 더 위험한 칵테일 효과가 있습니다. 아돌프 히틀러(Adolf Hitler)와 악수한 유일한 인도 독립 투사인 네타지 보스(Netaji Bose)는 "내 나라를 자유롭게 만들기 위해 나는 악마와 거래를 할 용의가 있다"고 말했다. 간디(Gandhi)와 수바스 찬드라 보스(Subhas Chandra Bose)는 인도에서 가장 저명한 자유 투사들로, 그들의 명백한 메시지는 서로 반대편에 있는 것처럼 보였다. 그러나 자세히 들여다보면 그들의 실용주의와 원칙은 그들이 인도의 독립을 쟁취하는 과정에서 직면했던 독특한 상황에 의해 형성되었음을 알 수 있다.

3부: 더 나은 미래에 대한 희망으로 과거와 현재가 만나는 인도의 직소 퍼즐과 수수께끼.

신화, 전설, 인도의 사회 정치적 딜레마

인도는 의심할 여지 없이 신화와 전설의 땅이며, 우리의 집단적 정체성과 침략자나 식민지 개척자에 대한 투쟁에서도 도움이 되었습니다. 국가로서의 인도에 대한 생각은 사회를 통해 스며드는 대부분의 탈식민지 국가와 마찬가지로 귀속된 정체성의 시나리오를 가지고 있습니다. 그것은 인도에 대한 전체 개념이 이야기, 카스트 분열, 정체성 비방, 우리가 인도라고 부르는 집단적 "직소 퍼즐"의 형태로 새겨진 방식, 또는 우리가 역사적으로 우리 자신의 것이라고 주장하지만 이제는 여전히 인도의 특정 뿌리를 유지하고 새로운 정체성을 확인하려고 노력하는 영토적 의미의 다른 국가로 형성된 조각입니다. 인도가 과거에 그랬고, 지금도 그렇고, 앞으로도 그럴 모든 것은 이 **"신기루와 기적의 나라"**에 항상 추구해 왔던 정체성을 부여하는 전설과 민속의 전통을 이어갈 것입니다. **자이 슈리 람(Jai Shree Ram)**이나 **바즈랑발리(Bajrangbali)**의 외침은 단순히 종교적 소속에 대한 외침이 아니라, 식민지 투쟁 당시의 반데 마타람(Vande Mataram)이나 자이 힌드(Jai Hind), 또는 라지푸트(Rajputs)와 마라타스(Marathas)의 **"자이 에클링 지 키 자이(Jai Ekling Ji ki Jai)"** 또는 **"하르 하르 마하데브(Har Har Mahadev)"**, 또는 **"알라후 아크바르(Allahu Akbar)"**와 같이 현재의 통일된

정체성을 위한 절박한 외침과 시도이다. 영국이나 유럽인들이 "왕을 위하거나 땅을 위하여"라는 전쟁의 외침을 외치며 우리 모두를 굴복시켰을 때, 식민지인이거나 소위 패배한 우리들이 과거로부터 영감을 얻어 제국주의 열강이 지닌 오만이나 우월감에 오염되지 않은 영광스러운 토착 정체성을 소중히 간직해야 할 때였다. 이 모든 것은 우리를 종교적 신화나 민속의 전설의 형태로 남성이든 여성이든 우리의 영광스러운 영웅을 찾는 것으로 다시 이끌었습니다. 간디의 소극적 저항과 시민 불복종의 반대편에 있던 인도의 혁명가들이 피난처를 삼았던 사나운 여신 마 칼리(Ma Kali)의 이야기. 한때 양복을 입고 줄루족 반란에 맞서 영국인들에게 호의를 베풀었던 모한다스 간디가 그들의 철학을 떠나서 무엇을 생각했을지는 말할 필요도 없다. 나는 항상 **티푸 술탄, 라지푸트, 마라타스가** 모두 다른 전쟁 외침을 가지고 있었고 그들 자신의 민속과 별도로 그들만의 신화나 종교적 친화성을 가지고 있었다면 어떤 일이 일어났을까 생각했다. 어린아이 같은 환상 속에서 우리는 유럽인들과 특히 영국인들을 쫓아냈을 것이다. 프랑스의 도움을 받아 티푸 술탄은 이미 영국과의 전투에 사용되는 소형 로켓과 대포에 대한 첫 번째 모험을 시작했습니다. 덴마크, 영국에서 명백했던 서구적 형태의 국가에 대한 아이디어는 일반적으로 인도에 대해 불신을 받고 있는데, 그 이유는 영토 기반 국가에 대한 서구의 개념이 **"하나의 깃발, 하나의 국가, 하나의 통치자"** 아래

인도에서 결코 분명하지 않았기 때문입니다. [21]저명한 역사가 **니얼 퍼거슨(Niall Fergusson)**이나 **윌리엄 댈림플(William Dalrymple)**은 말할 것도 없고, 인도와 서양의 역사가들이 분기점을 이루는 1857 년조차도 일반적으로 이 사건을 이분법으로 환원합니다. "*인도 독립의 첫 번째 전쟁*"또는 "*Sepoy / Soldier Mutiny*"와 같은 인도 내러티브의 이분법. 답은 그 사이 어딘가에 있습니다. 지리, 언어, 문화로 나뉘어진 광활한 땅을 영국에 대한 반란에 가담하는 불꽃이 튀었고 처음에는 그들에게 가가적인 반응을 보인 것은 사실이다. 마찬가지로, 이 사건을 계기로 기대되었던 국가적 열정의 길도 요구되거나 기대했던 대로 전국 대부분의 지역에서 일어나지 않았다. 그것은 모두 가설이며, 만약 그런 일이 일어났다면 인도는 라틴 아메리카 국가들과 마찬가지로 많은 지역에서 독립을 얻었거나 합의에 도달했을 것입니다. 그러나 1857 년의 사건이 장기적, 단기적 영향을 미친 결과가 없었던 것은 아니다. 단기적인 영향은 결국 인도가 영국 왕실 아래 들어와 영국령 인도로 알려지게 되었고, 장기적인 영향은 국가 정치가 형성되는 방식이었습니다. 우리는 앞서 언급한 전쟁 구호로 시작했고, 1900 년대 초반부터 특히 두 번째 10 년 동안 간디의 대중 지도 아래 소극적 저항과 시민 불복종의

---

[21] https://www.newindianexpress.com/magazine/voices/2023/Sep/16/constitution-national-symbols-only-glue-that-bind-india-that-is-bharat-2614898.html

길을 돌고 난 후, 반데 마타람과 자이 힌드도 있었지만 다시 한 번 슬로건으로 돌아옵니다.

인도 Vini, Vidi, Vici 를 증명하는 땅?!: 스포츠와 문화의 영광을 위한 사냥.

독일에서 교환학생으로 공부할 때, 나는 악랄하지는 않지만 오히려 친근한 태도로 스포츠계에서 인도가 어디에 있느냐고 놀리곤 했다. 책 제목은 간디의 방식과 인도의 정치, 사회 역학에 관한 것인데, 스포츠에 대한 논쟁은 어디서 튀어나오는 것일까. 답은 그렇다고 말하는 데 있습니다. 전 세계의 역사책을 살펴보면 식민지화, 소외, 정복을 받은 모든 국가가 스포츠를 통해 항상 국가 정체성을 찾고 압제자에 맞서 자신의 존재에 자부심을 가질 수 있는 수단을 찾았습니다. 2023 [22]년 6 월에 세계에서 가장 인구가 많은 국가가 된 인도는 스포츠의 영광을 누리고 있지만 그 사이에는 너무 멀리 있습니다. 인도 정치 전선과 어떻게 연결되었습니까? 정치적 폭력의 평화적 수단인 간디의 방식은 대중에게 스며들어 대중 운동을 일으켰다. 그러나 그것이 사람들이 육체적 강인함이 아닌 정신적 강인함에 초점을 맞추지 않고 어딘가에서 더 수동적이고 나약한 태도를

---

[22] *https://www.bbc.com/news/world-asia-india-65322706#:~:text=India's%20population%20has%20reached%201%2C425%2C775%2C850,census%20%2D%20was%20conducted%20in%202020.*

보이는 대중문화를 만들어낸 것일까. 후자는 그 자체로 중요하며, 간디의 방식이 스포츠 세계에서 인도의 성과를 어떻게 정당화하는지 우스꽝스러운 것으로 간주 될 수 있습니다. 한 민족의 문화가 정신을 형성하는 데 매우 중요한 역할을 한다는 것을 기억해야 한다. 역사적으로 정착민 식민지였던 호주인들을 상대하는 것은 다른 마음가짐을 가지고 있다고 상상해 보십시오. 인도의 정치 게임은 인도의 게임 또는 스포츠 연맹의 정치가 되었습니다. 무장 혁명가들의 최전선에 있을 수 있었고 필요했던 스포츠의 대중 문화를 창조하는 것은 차치하고라도, 실종되었다. 신체적으로 공격적인 자세와 투지를 갖추는 데 초점을 맞춰야 하는 스포츠 문화의 영향은 1983 년 크리켓 월드컵의 첫 번째 집단적 성공과 함께 이루어졌을 것입니다. 그 전에도 인도 남자 하키 대표팀의 유산은 1980 년 모스크바 올림픽까지 이어졌고, 독립 [23] 후 인도의 K.D. 자다브가 첫 메달을 획득했습니다. 그러나 언급했듯이 우리는 우리가 할 수 없는 무언가가 될 수 있었습니다. 세계 최대 스포츠인 인도를 발전시키기 위한 과제를 제시하는 영화 **'마이단'**에서 그동안 눈에 띄게 빠져 있던 스포츠의 정치학을 비롯해 인도 스포츠가 뒤처진 문제점을 부각시킨다.[24] 실질적으로 인도

---

[23] *https://olympics.com/en/news/wrestling-first-indian-win-olympic-medal-1952-kd-jadhav*

[24] *https://www.thehindu.com/news/national/delhi-court-frames-charges-against-ex-wfi-chief-brij-bhushan-singh-in-sexual-harassment-case/article68199335.ece*

레슬링 연맹(Wrestling Federation of India)이 당시 대통령이었던 브리즈 부샨(Brij Bhushan)의 성희롱에 항의하기 위해 모인 사건은 그의 아들이 그를 대신해 감독직을 맡는 결과를 낳았다. 전인도축구연맹(All India Football Federation)을 포함한 인도의 다른 스포츠 연맹과 관련된 문제는 인도의 명예로운 대법원이 정부의 간섭으로 인해 FIFA가 인도를 일시적으로 금지하는 데 개입해야 했습니다. 카디는 능력주의가 여러 면에서 족벌주의에 맞서 번번이 무너진 인도 스포츠계로 진출했으며, 주로 다른 지역 영화 산업과 별도로 뭄바이 영화의 은막에 이야기를 가져왔습니다. 영화 얘기가 나와서 말인데, 사티야지트 레이(Satyajit Ray)가 인터뷰에서 **"인도 관객은 후진적이다"** 라고 말한 것이 생각난다. 이것을 언급함으로써 지나친 단순화라는 느낌이 있지만, 그 아이디어가 여전히 사실일 수 있다는 것은 말할 필요도 없습니다. 인도의 뮤지컬 영화는 여전히 우리 국경 너머의 많은 사람들에게 다소 숭배의 눈초리로 여겨지기도 하고, 경멸의 눈초리로 여겨지기도 한다. 그러나 영화 시청 방식으로 인해 프랑스인이나 독일인이 아닌 일반 대중을 위해 우리의 이야기를 진행시키는 이유가 있었습니다., 인도의 강타 영화는 일반적으로 그런 종류의 후원을 받지 못하는데, 일반적으로 우리 자신이 현실에 우울감을 느끼지 않는 것처럼 보이고 영화는 단순히 현실 도피 모드로 간주되기

때문입니다. 그것이 뭄바이의 "마살라"영화가 사회의 다양한 열망과 인도에서 어떻게 지내는지에 대해 뿌려진 방식으로 보여주는 약간의 노래, 음악, 춤, 드라마, 폭력을 가진 방법입니다. **"Maachis"**에서 **"Udaan"**에 이르기까지 말라얄람어, 마라티어, 벵골어, 타밀어, 구자라트어 및 텔루구어 영화 등에서 나오는 보석을 제외하고 뭄바이 산업의 몇 가지 영화가 있습니다. 오스카상이 반드시 인도 영화의 벤치 마크를 의미하지는 않습니다., 인도 출신 영화, 인도 또는 인도에서 완전히 제작 된 영화. 문제는 우리 사회가 "내 동생 오니르"와 같은 문제를 제기하는 영화를 만들 준비가 되어 있느냐 하는 것이다.

Ek Bharat, Shrestha Bharat: One Nation-One Election to Uniform Civil Code, 인도의 "통일의 다양성" 개념이 단순화되고 있습니까?

인도에 대한 생각은 다양성이 축하의 원인이 되는 곳이기도 하지만 갈등의 원인이기도 합니다. 인디언다움의 개념 또는 민족성의 개념은 식민지화된 영토에서 항상 도전되어 온 것입니다. 특히 인도나 나이지리아, 그리고 다른 많은 아프리카 및 일부 아시아 국가와 같은 나라에서는 인도다움에 대한 생각이 자라났지만, 그렇다고 해서 인도성이 없었다는 의미는 아닙니다. 이러한 요소들은 있었지만 영토 경계, 국기, 국가, 여행을 위한 통일 여권의 형태는 아니었습니다. 앞서 언급했듯이 이러한 요소들은 새롭고 서구화된 방식으로 등장했으며, 이는 탈식민지 국가를 위해 포장된 식민지 유물에 불과했다. 독립 75 주년을 마치고 공화국이 된 지금, *바르티야(Bhartiya)* "라는 개념은 진정한 도전이 되었습니다. 그런 의미에서 실제로 대중을 움직일 수 있는 최초의 인도 대중 지도자는 간디라고 말할 수 있는데, 간디의 이름을 따서 이 책의 제목을 지었다. 인도 전역에 인기 있는 지도자가 있었지만 인도 전역의 사람들을 실제로 움직일 수 있는 지도자는 지역에 국한되어 있었습니다. 항상 존재했던 이 공백은 간디에 의해 처음으로 떠맡게 되었는데, 간디는 자기 통치를 위해 노력하는 자신만의 독특한 도덕성을 가지고 있었다. 혁명가들이 취했던 폭력이나 공격 지향적 접근에 비추어 볼 때 대영제국에 위협이 되지 않았던 이런 종류의 접근은 혁명가들이 테러리스트로 낙인찍히거나 비주류로 전락하는 동안 인도와 해외의 언론과 언론에 의해 추진되는 데에도 적합했다. 산지브 산얄(Sanjeev Sanyal)이 쓴 책은 이미 혁명가들의 생각과 자유를 위한 그들의 투쟁 방식을 제시했는데, 그것은 간디의 방식에 대한 안티테제였다. 라마찬드라 구하(Ramachandra Guha)는 간디 전후의 국민의식 형성 과정에서 인도와 자신의 본질을 이야기했지만, 간디가 없는 인도를 상상할 수 있을까? 바로 이 점이 이 책이 들어와서 인도의 의미를 찾고자 하는 지점이며, 그것도 간디나 간디의 본질 없이 시도이다.

인디언의 방식은 지리적인 땅을 위해 싸우려는 민족 의식이 존재했던 방식으로 실제로 존재한 적이 없었다. 그것은 문화 교류와 여행의 형태로 거기에 있었고, 장벽이 없었기 때문에 유기적으로 거기에 있었습니다. 그러나 아대륙의 인류 문명 역사가 기록되면서 문명의 관점에서 차이가 발생하기 시작했으며 수천 년에 걸쳐 침략자, 약탈자 또는 외부인의 도착으로 가속화되었습니다. 이런 종류의 역사는 어느 나라나 어느 나라나 어느 나라에서나 찾아볼 수 있다. 이제 인도를 법, 언어, 식습관 및 민족주의적 정체성 면에서 통일시키는 문제가 집권 BJP(바라티야 자나타당)의 프로젝트로 채택되고 있다. 인도 전체가 하나의 대중으로 동원된다는 생각은 간디에 의해 시작되었는데, 이는 1922 년 불복종 운동에서 절정에 달한 모든 수준의 민족 운동에 대한 최초의 감각이었다. 그러한 마지막 시도는 1857 년이었는데, 제국주의 시대 하에서 처음으로 인도 전역은 아니더라도 특정 지역에서 민중의 이동이 있었고, 민간인 참여의 문제는 이 기간 동안 델리 지역에서 일어난 1857 년 학살과 그 여파에 대한 언급에서 찾을 수 있었다. 이제 국가를 위한 통일된 정책을 수립하는 측면에서 인도의 통일 문제는 연방 구조가 더 이상 약점이 아니라 강점으로 바뀌는 새로운 인도를 다시 작성하고자 하는 현 정부가 취한 조치일 뿐입니다. 그러나 단순히 헌법의 틀을 바꾸는 것만으로 인도의 다양성을 단순화할 수 있는지에 대한 의문은 항상 남아 있다. 정치적으로 선출된 현직 정부에 의해 변화하는 인도 국가의 시대가 바뀌는 것이 시도되고 있지만 확신이 될 것인가, 아니면 혼란스러울 것인가? 답은 미래에 있기 때문에 알 수 없는 질문이지만, 민주주의 지수의 하락과 자체 지수를 만들겠다는 정부의 대응은 행간에서 읽어야 할 분명한 신호입니다. 인도는 식민지 이전에도 민주주의의 요소를 가지고 있었고, 다시는 민주주의를 잃지 않도록 미래에 대해서도 조심해야 합니다. 이러한 실용주의는 비폭력과 자기 정화에 대한 그의 핵심 신념을 엄격하게 고수하면서도 변화하는 정치 환경에 따라 전략을 변경하는 그의 능력으로 나타났습니다. 이와는 대조적으로, 보다 호전적인 민족주의자인 네타지 보스는 인도의 자유를 쟁취하기 위해서는 무장 투쟁이 필요하다고 믿었다. 이러한 실용주의의 결과는 그가 나치 독일과 일본 제국과 같은 외국 세력과 동맹을 맺어 자신의 대의에 대한 지원을 얻는 데서 분명했습니다. 이것은 Bose의 유명한 인용문인 "나에게 피를 주면 당신에게 자유를 주겠다"에 요약되어 있는데, 이는 영국 통치에 대한 무장 저항이 이루어져야 한다는 그의 신념을 보여줍니다. 그러나 간디의 접근 방식과 이에 대한 네타지의 태도 사이의 이러한 차이에도 불구하고 두 사람 모두 같은 목표를 향해 노력했습니다. 인도의 식민 통치로부터의 해방. 그들은 삶의 경험과 주권을 위한 투쟁 과정에서 직면한 도전을 통해 각자의 이데올로기를 발전시켰습니다. 간디의 비폭력 입장 뒤에 대중이 고무되어 인도의 대의에 대한 세계적인 동정을 얻었지만, 그는 주변의 정치적 역학 변화에 관한 한 몇 가지 주요 교리에서 벗어나는 데 충분히 실용적이었다. 이와는 대조적으로, 보스는 평화주의적 접근법이 영국의 장벽 안에서는 특히 즉각적인 결과를 원할 때 효과가 없다는 것을 깨달았다.

그러나 궁극적으로 간디와 보스는 자유를 위한 투쟁의 맥락에서 인도 국가를 건설하는 데 중요한 역할을 했습니다. 이것은 그들의 이데올로기가 얼마나 달랐는지, 그리고 두 사람 모두 인도의 자유와 관련된 상황을 다루는 데 얼마나 실용적이었는지를 보여준다. 간디(Gandhi)와 수바스 찬드라

보스(Subhas Chandra Bose)는 인도에서 가장 저명한 자유 투사들로, 그들의 명백한 메시지는 서로 반대편에 있는 것처럼 보였다. 그러나 자세히 들여다보면 그들의 실용주의와 원칙은 그들이 인도의 독립을 쟁취하는 과정에서 직면했던 독특한 상황에 의해 형성되었음을 알 수 있다. 반면에 비폭력 시민 불복종 운동으로 유명한 간디는 자치로의 평화적 이행 경로를 채택했습니다. 진리와 비폭력에 기초한 그의 사티아그라하 철학은 사람들의 마음을 감동시켰고 인도 독립 운동에 대한 국제적인 지지를 얻기도 했습니다. 이러한 실용주의는 비폭력과 자기 정화에 대한 그의 핵심 신념을 엄격하게 고수하면서도 변화하는 정치 환경에 따라 전략을 변경하는 그의 능력에서 나타났습니다

이와는 대조적으로, 보다 호전적인 민족주의자인 네타지 보스는 인도의 자유를 쟁취하기 위해서는 무장 투쟁이 필요하다고 믿었다. 이러한 실용주의의 결과는 그가 나치 독일과 일본 제국과 같은 외국 세력과 동맹을 맺어 자신의 대의에 대한 지원을 얻는 데서 분명했습니다. 이것은 Bose의 유명한 인용문인 "나에게 피를 주면 당신에게 자유를 주겠다"에 요약되어 있는데, 이는 영국 통치에 대한 무장 저항이 이루어져야 한다는 그의 신념을 보여줍니다. 그러나 간디의 접근 방식과 이에 대한 네타지의 태도 사이의 이러한 차이에도 불구하고, 두 사람 모두 인도의 식민지 통치로부터의 해방이라는 동일한 목표를 향해 노력했다. 그들은 삶의 경험과 주권을 위한 투쟁 과정에서 직면한

도전을 통해 각자의 이데올로기를 발전시켰습니다. 간디의 비폭력 입장 뒤에 대중이 고무되어 인도의 대의에 대한 세계적인 동정을 얻었지만, 그는 주변의 정치적 역학 변화에 관한 한 몇 가지 주요 교리에서 벗어나는 데 충분히 실용적이었다. 이와는 대조적으로, 보스는 평화주의적 접근법이 영국의 장벽 안에서는 특히 즉각적인 결과를 원할 때 효과가 없다는 것을 깨달았다. 그러나 궁극적으로 간디와 보스는 자유를 위한 투쟁의 맥락에서 인도 국가를 건설하는 데 중요한 역할을 했습니다. 이것은 그들의 이데올로기가 얼마나 달랐는지, 그리고 두 사람 모두 인도의 자유와 관련된 상황을 다루는 데 얼마나 실용적이었는지를 보여준다.

4 부: 민주주의의 춤?

미디어는 네 번째 기둥 또는 캥거루처럼 보이는 민주주의에서 서커스 채찍을 든 사람이 되는 것: 식품 안전, 민주주의 또는 미디어 자유 지수 왜 우리는 아래로 미끄러지고 있습니까?

통일된 민족주의 의식을 형성하기 위해 인도와 같은 국가를 여러 면에서 통일시키는 문제는 미디어의 역할이 매우 큰 문제다. 분명히, 내가 그것을 끝내는 이전 장에서 제기했던 질문은 질문을 이 장으로 끌고 가기 위한 것이었다. 인도의 획일성은 결코 자연스러웠고, 다양성은 우리를 규정한 것이었다. 민족이라는 개념 또한 약해서 경험적으로 증명하거나 반증하기가 어려울 수 있지만 인도나 아대륙의 역사를 보면 약탈자들이 가장 좋아하는 땅으로 볼 수 있습니다. 이기적 이익과 부패가 거듭거듭 이용되어 온 분열된 땅은 유럽의 식민지 열강들, 특히 영국의 라지(Raj)에 의해 가능한 최선의 방법으로 나타났다. 이 거대한 땅을 정복하고 직접 통제하는 것은 어떤 권력으로도 불가능했고 제국주의 권력도 시도하지 않았으며, 오히려 영국이 자원과 그 활용을 통제하는 동안 통제력을 부여하고 글로벌 맥락에서 영국령 인도 깃발 아래 소위 우리의 발언권을 부여하는 것이 아이디어였습니다. 오늘날 우리가 가지고 있는 탈식민지 국가는 여전히 그 맥락에서 빌려온 특정 원칙에 따라 기능하고 있다. 영국 행정관들의 생각은 이제 중앙 정부로 대체되었고, 제한된 자치권은 이제 주 정부로 대체되었다. 이런 종류의 중앙집권화-지방분권화 시스템은 이전에도 존재했지만, 이 모든 역사적 서문은 국가와 행정을 위한 통일성의 창출이라는 개념이 인도에서 시도하기에는 다소 까다롭고 쉽게 다룰 수 없는 프로젝트라는 아이디어를 제공하는 것입니다. 대중 투쟁으로 인도를 단결시키면서도 비폭력 자유 운동의 탈을 벗어던지고 뚜렷한 대조를 유지한다는 생각은 독립 시절에 한결같은 요소였다. 인도인의 방식은 인도나 다른 많은 식민지 국가들이 맥락은 다를 수 있지만 상당 부분 변경된 것입니다. 이제 이 모든 것의 한가운데에 미디어의 방정식이 등장합니다. 최근 인도의 언론은 현 정부에 대항하는 좌파 성향의 'Lib******du' 언론, 정부 내러티브에 더 가깝고 표면적으로는 우파에 속할 수 있는 '고디(Godi)' 언론 [25]이라는 점에서 엄청난 신뢰를 잃었다. 어쨌든 인도의 다양성이라는 개념은 식민지 시대든 탈식민지 시대든 국익 문제보다 우선하는 지역주의라는 측면에서 항상

---

[25] *https://www.rediff.com/news/column/aakar-patel-will-godi-media-change-in-modi-30/20240628.htm*

강조되어 왔을 것입니다. 그러나 이 모든 상황 속에서도 언론의 역할은 인도에서 매우 중요했으며, 심지어 영국령 통치 하에서도 여전히 언론이 영국령 통치에 편향되어 있다는 개념은 압제자의 지시로 이해될 수 있다. 그러나 독립 이후의 시대는 어떠한가? 언론은 특히 우리의 민주주의가 의심스럽고 기이하게도 상당 부분 실현되었을 때 충분히 좋은 역할을 하고 있는가. 우리와 같은 다당제 봉건 민주주의에서 스포츠 유니폼과 마찬가지로 정치적 색깔의 변화는 미디어의 역할과 관련하여 매우 중요한 의미를 갖는다. 언론사들이 지금 친정부적이냐 반정부적이냐 하는 편향성의 지배 속으로 전락하고 있는 것도 사실이다. 우리 언론이 해야 할 일은 사실을 말하고 편향되지 않도록 하는 것이며, 우리의 민주주의 원칙에 반한다는 서구의 시각에서 또는 우리의 국가적 자부심으로 팔려가는 인도의 수정주의적 이야기에 너무 사로잡히지 않도록 하는 것입니다. 민주주의 운영에서 선출되고 선출된 지도자들의 책임성이 여전히 의심되는 나라에서 미디어는 여전히 중요합니다. 식량 안보 순위와 별개로 우리의 자유 지수가 의문시되는 나라에서, 이제 언론은 정부의 결점이나 성과를 강조하는 것을 넘어 왜 우리가 여전히 뒤처져 있는지 알아내는 데 초점을 맞춰야 할 때입니다. 언론은 독립투쟁 당시에도 중요한 역할을 했는데, 간디에서 네타지까지, 그리고 수백만 명의 다른 사람들이 다루어지곤 했다. 그럼에도 불구하고 그 시대의 문제들은 제기되었고, 도덕성의 문제는 이미 거기에 있었다. 그러나 오늘날과 같은 시대에 언론의 역할은 선정주의나 탐사보도를 만들어내기보다는 인도가 왜 그리고 어디에 부족했는지를 찾아내는 것이 되어야 한다.

족벌주의의 바위는 나중에 재능이나 능력주의라고 말하는데 인도의 민주주의는 어디에 있습니까?

인도의 민주주의에 대한 질문은 비판받을 수 있으며, 대부분 서구 논평가들이나 서구 교육을 받은 사람들에 의해 제기되어 온 것이다. 처칠이 인도인들의 자치권을 무시한 것은 우리 역사가 그랬기 때문일 것이다. 아프리카와 마찬가지로 인도도 아시아의 많은 지역과 마찬가지로 그리고 심지어 전근대 유럽의 특정 지역과 마찬가지로 민족 의식을 조각하는 데 어려움을 겪었습니다. 영국인들은 *"대영 제국에는 해가 지지 않는다"* 고 말하곤 했지만, 확실히 그랬고, 아이러니하게도 오늘날에는 인도 출신의 남자가 이끌고 있는데, 그는 시민권에 의해 인도인이라고 불릴 수는 없지만 분명히 자신의 말로 인도의 힌두교 원칙을 보았거나 자연스럽게 흡수했습니다. 인도 민주주의의 탄생은 단순히 영국에 대항한 투쟁이 아니라 인더스 계곡과 드라비다 문명 이후 힌두 왕국에서 시작된 인도 역사의 제2의 물결로서 중기 델리 술탄국과 무굴 제국에 의해 공고히 된 수세기 동안의 봉건제도를 뒤엎는 투쟁 이후였다. 이것은 역사의 관점에서 환원주의적으로 들릴지 모르지만 이것은 역사적인 부분이 아니므로 빗나가지 맙시다. 이 장에서 제기되는 질문은 인도 민주주의의 질과 건강성이다. 서류상으로는 세계 최대의 민주주의 국가로 여겨지지만, 기적처럼 탄생한 것은 우리에게 소중한 것이기 때문에 보존되어야 합니다. 남아시아 민주주의의 아버지로 여겨지는 인도는 종교적, 정치적 역사로 인해 여러 차례의 종교 폭력 사건을 겪었고, 이는 분단과 파키스탄이라는 국가의 형태로 세계 최대의 인간 이주로 끝났습니다. 인도 민주주의의 가치는 도전과 위협에도 불구하고 거기서 끝나지 않았고, 562 개의 제후국 조각들이 직소 퍼즐[26]처럼 꿰매어지면서 존재하게 되었습니다. 인도 민주주의의 가치는 우리 사회의 봉건적 잔재와 인도 정치의 부패로 인해 때때로 폭력적인 경향을 보임에도 불구하고 많은 아프리카 및 일부 아시아 국가와 달리 여전히 뿌리 뽑히지 않았다는 것입니다. 인도의 민주주의는 다른 많은 분야와 마찬가지로 가족 지향적이거나 족벌주의적이라고 알려져 있으며, 최근 나렌드라 모디 (Narendra Modi) 정권 하에서 인디라 간디 (Indira Gandhi) 정권 시절보다 훨씬 더 많은 소음으로 독재 정치로 낙인찍혔습니다. 온건파의 온건파에 대한 부드러움과 비판, 아니 굳이 말하면 네루나 간디 시대의 인도 리더십의 소심한 태도는 많은 서구 이론가들이 5 천년의 문명사와 문화의 역사에서 탄생한 새로운 국가였던 인도의 미래가 될 유혈사태와 내전에 완전히 젖어들기보다는 품는

---

[26] *https://www.theweek.in/theweek/leisure/2023/07/29/john-zubrzycki-about-his-new-book-dethroned.html*

민족적 기질을 우리에게 주었을지도 모른다. 예술, 유혈 사태 그리고 진화. 최근 순위에서 인도의 민주주의가 하위권에 머물고 있고, 인도가 독재국가이자 바나나 공화국이라는 논란과 비판에 휩싸인 것은 어쩌면 지금의 허구일지도 모른다. 인도 아대륙은 잘 기능하는 민주주의의 요소와 풍부한 행정 전통을 가지고 있었으며, 서구의 표준을 따르지는 않았지만 기름칠이 잘 된 민주주의 사회에 필요한 원칙의 요소 또는 결정 요인을 가지고 있었다는 것을 잊어서는 안됩니다. 오늘날 우리 민주주의의 가장 큰 문제는 우리가 여전히 카스트, 봉건제, 그리고 물론 종교적 정체성의 문제에 갇혀 있다는 것이다. 이러한 요소들은 지난 75 년 동안 그럴 수 없었던 것처럼 즉시 씻어낼 수 없는 요소들이다. 인도의 민주주의는 다양하며, 비판할 수 있는 보편적 성인 프랜차이즈 개념은 약점의 원천이 아니라 강점이다. 소외된 사람들이 자신의 목소리를 낼 수 없다면 그것은 결코 민주주의가 아니다. 특히 식민지의 민주주의에 대해 경시했던 처칠은 인도가 세계 최대의 민주주의 국가를 만들어냈고, 인도라는 나라가 모든 사람을 끌고 가거나 다른 노력을 기울였다는 것을 알았다. 시스템에 의해 실패했을 수도 있는 많은 사람들이 있지만, 그들의 목소리를 들은 더 많은 사람들이 있습니다. 그럼에도 불구하고 우리의 민주주의가 여전히 대중을 자신의 이익을 위해 또는 권력 게임의 볼모로 이용하고 있는 것은 사실이며, 인도는 변화하고 있으며 다음 세대의 인도인들이 진실해야 하는 정보와 미디어에 노출됨에 따라 진화할 것입니다.

직소 퍼즐 나라의 나라를 운영하는 기적

앞서 언급했듯이 제국주의 지배자들을 포함한 서구의 많은 평론가와 전문가들에 의해 무시된 나라 인도는 기적이다. 기적처럼 탄생한 인도와 같은 나라는 562 개 제후국의 퍼즐을 맞추는 성급하고 혼란스러운 과정에서 탄생했습니다. 하이데라바드(Hyderabad), 주나가드(Junagadh), 카슈미르(Kashmir)의 세 가지 문제 지역은 물론 우리가 인도라고 불렀지만 영국령 인도[27]에서 만든 문화 공간의 분할 이후 드라마와 피흘림이 있은 후에 합류했습니다. 우리나라의 연방 구조는 지방에서 태어나 나중에 언어적 기초 위에서 만들어진 주로 만들어졌습니다. 인도의 다양성 요인은 때때로 인명, 재산, 극단주의, 폭동의 손실에도 불구하고 살펴보고 비교하면 여전히 이전에 관리되어 왔습니다. 펀자브, 북동부, 카슈미르에서 우리가 문제를 겪었던 곳이 바로 그곳이며, 미래에도 그럴 수 있지만, 다양성의 문명에 기반을 둔 이 탈식민주의적 구조의 규모와 다양성이 관리되어 온 방식은 회의론자를 포함한 많은 사람들에 의해 주목되어야 하고 주목받고 있습니다. O.G. "미국"을 제외하고는 많은

---

[27] https://scroll.in/article/884176/patel-wanted-hyderabad-for-india-not-kashmir-but-junagadh-was-the-wild-card-that-changed-the-game

탈식민지 국가들이 정치적 자유와 독립을 위한 투쟁에서 열망했던 민주주의 원칙을 고수할 수 없었다. 그러나 인도는 우리의 민주주의에 대한 비판이 여러 차례 무너지고 있음에도 불구하고 우뚝 서고 굳건하며 자부심을 가지고 있습니다. 왜? 인도의 선거 메커니즘은 그 자체로 문제가 있음에도 불구하고 여전히 소중하고 귀중한 행사이며, alteast 는 인도가 세계에서 가장 높은 민주적 다양성을 활용하는 것에 대해 세계를 경외하게 하는 민주주의의 개념에 대한 바퀴를 휘젓고 있습니다. 인도에서 민주적 절차의 도달 범위를 잊지 않기 위해 도달 범위의 격차가 있음에도 불구하고 관리하거나 alteast 가 국가의 구석 구석에 도달하려고 노력했습니다. 인도는 5000 년의 기록 된 역사 [28]뿐만 아니라 식민지 시대의 운명의 시련 동안 국가의 경험이 있었던 방식에서 하나의 영혼을 가지고 있었고, 심지어 델리 술탄 시대 이래로 국가가 정치적 독립의 최종 형태를 얻었을 때 너무 크고 뚜렷해진 국가에 매우 희미한 선을 만들기 시작했습니다. 사르다르 파텔의 힘이 없었다면, 특히 제 2 차 세계대전 이후 영국이 서둘러 떠나려고 할 때 인도는 약 5-6 개의 국가를 탄생시켰을 것이며, 소련 붕괴 후 15 개의 국가를 [29] 탄생시킨 것과 비슷할 수도 있었다. 러시아는 소비에트 연방이 해체된 후유증의 합법적인 후계자이며, 영국령 인도가 파키스탄과

---

[28] *https://www.nature.com/articles/550332a*
[29] *https://www.indiatoday.in/opinion-columns/story/narrative-uprooting-idea-of-india-disintegration-1917766-2022-02-25*

방글라데시로 유혈 분할된 것과 유사한 일이 일어났습니다. 이 직소 퍼즐의 특정 부분이 어디에 맞춰져야 할지 찾지 못했다는 것을 잊지 마십시오. 이 모든 것은 우리 역사의 알려진 부분입니다. 그러나 인도와 같은 곳의 다양성과 차이점은 직소 퍼즐의 다른 조각과 같습니다. 민주주의 원칙의 탄생과 민주주의 체제가 형성된 방식은 일반적으로 소수의 사람들을 중심으로 이루어진다. 그러나 이 모든 포스트 Sardar Patel 의 죽음 속에서 Goa, Diu, Dadra 및 Nagar Haveli 의 포함, Sikkim 은 앞서 언급한 바와 같이 Hyderabad, Junagadh 및 Kashmir 보다 덜 중요합니다. 경계가 있는 영토, 국기 및 국가의 형태로 국가가 부상하는 것은 이전에도 언급되었지만 이러한 종류의 민족이라는 개념은 전 세계, 특히 아시아, 아프리카, 아메리카와 같은 식민지 지역에서 서구식으로 확산되고 각인되었습니다. 투표권을 획득하고 행정부의 방식을 결정한다는 소중한 개념은 세계 대전 이후 시나리오에서 세계가 형성되는 방식에 큰 영향을 미치는 것입니다. 인도는 조각의 형성으로 인해 인구 측면에서 세계 최대의 민주주의 국가가 탄생 한 걸음 밖에 남지 않았습니다. 그러나 인도의 연방제 안에서 중앙과 주의 대립이 갈등을 빚고 있는 상황에서, 주(州) 안이나 주(州) 간의 문제들은 우리를 하나의 국가로서 살아가게 만들었고, 처칠은 이를 묵살했다. 직소 퍼즐은 몇 번이고 조각이 깨져 사방으로 흩어질 것 같았지만, 완성된 퍼즐을 조심스럽게 가져갈 수 있도록 하는 두 손과 같은 보이지 않는 보살핌과 부드러운,

때로는 단호한 보호자의 힘이 그것을 막았습니다. 이것이 인도가 기적의 나라로 존재하는 이유입니다.

14억 명 이상의 인구, 여기서 크기가 중요합니다! 글쎄, 품질이 그다지 좋지 않습니까? 평등주의적 성장과 발전을 위해 3P+C(빈곤, 오염, 인구와 부패)의 수수께끼를 해독하는 방법

14억 인구의 나라에서 3P+C는 항상 큰 충격을 주었습니다. 불평등의 관점에서 볼 때 빈곤의 심각성이 높아지고 있는 문제는 우리가 먼저 고려해야 할 고질적인 문제이다. 솔직히 말해서, 불평등이 최근에 도래한 식민지 시대보다 더 심해졌다는 생각은 인도의 자유 투사들과 자유 운동에 대한 유혈 사태에 대한 부끄러운 증거입니다. 우리가 빈곤 감소를 달성하지 못한 것도 아니고, 극심한 빈곤에 대한 생각이 연구되지 않고 있는 것도 아니지만, 스펙트럼의 다른 쪽 끝에서는 인도가 정말로 성장하고 있는지, 왜 8억 명의 사람들이 여전히 무료 배급에 의존하고 있는지에 대한 질문이 나옵니다! 이는 유럽연합의 전체 인구와 미국의 2/3 인구보다 많은 숫자이며, 독립한 지 7년이 지났는데도 왜 우리가 안고 있는 문제들이 만성적인 빈곤과 관련되어 있다는 것을 이해해야 하는지에 대한 의문을 불러일으킵니다. 이제 앞뒤로 돌이켜 보면, 빈곤에 대한 질문이 이제 다차원적 빈곤 상태에 기인하는 것도 사실이지만, 인도가 사람들을 빈곤에서 구해낸 국가 중 두 번째 국가임에도 불구하고 빈곤에 대한 심각한 질문이 있습니다. 국민 계층에 대한 국가의 자원 분배 부족은 인도가 비틀 거리고 있는 문제이며, 그 해답은 정책 서클과 부패의 분모 모두에 있습니다. 인도가 명목 GDP 로 볼 때 세계에서 세 번째로 큰 나라가 될 것이라는 말이 전 세계에서 많이 떠돌고 있지만, 돈이 상층부에만 분배되고 최하층으로의 낙수 효과조차 거의 존재하지 않는다면 아무 의미가 없습니다. 문제는 인도의 대부분이 여전히 가난하다는 것인데, 이는 인도의 풍토병은 아니지만 거의 모든 탈식민지 국가에서 [30] 볼 수 있습니다. 인도는 성장해야 하지만 성장에 대한 보상은 각 국가에게 돌아가야 하며 여전히 서류상에 있습니다. 사실, 빈곤은 실제적인 것보다 이론적으로 말하고 행하기가 더 쉽지만, 빈곤에 대해 제기된 문제들은 우리가 한 국가로서 여전히 실패한 부분이다. 이제 성장의 또 다른 수수께끼에 도달하면 오염과 기후 변화 문제가 제기됩니다. 인도는 2016 년 파리 기후 정상 회담에서 한 약속과 동등하다고 하는 유일한 국가입니다. 인도 도시의 도시 지역 온도 상승은 인도가 기후 변화와 관련된 위험 스펙트럼의 중심에 있는 또 다른 심각한 우려 사항입니다. 오염과 빈곤의 문제는 인도가 첫 번째 위치를 차지하고 있는 "거대한" 인구와

---

[30] *https://www.bbc.com/news/world-asia-india-68823827*

그로 인해 [31] 발생하는 엄청난 문제와 관련이 있습니다. 희망이 없는 것은 아니며 부정적으로 추측할 수 없지만 질문은 적절하며 이전에도 제기된 적이 있습니다. '*인도의 실리콘 밸리*'로 불리는 벵갈루루의 지하수 고갈 문제는 가까운 과거 케이프타운이 겪었던 참상을 떠올리게 한다. 따라서 인도에서 삶의 질은 우리가 도전에 직면한 문제이며 인도를 떠난 고소득 개인의 단순한 이탈이 가장 높습니다. 시민 엑소더스(citizen exodus)는 최근 우리가 언론을 통해 들었을 수 있는 뇌 축적에 대한 미사여구와 다른 선전에도 불구하고 인도에서 일어났다. 이제 오염과 인구의 맥락을 취하면, 수백만 명이 여전히 사회의 편에 누워 소외되고 있는 인구가 등장합니다. 과거의 문명과 영광을 자랑스럽게 여기는 인도에서 불평등의 개념이 오래전부터 정상화되어 왔기 때문일 것이다. 종교와 카르마가 인도 사회 담론의 주요 부분을 차지했던 산업화 이전 시대 인도는 전생의 죄악이라는 측면에서 빈곤을 정상화했다. 간디의 경제학 방식은 물질주의와 산업화에 덜 초점을 맞추었고 바퀴(Charkha[32])를 통한 섬유 제조 측면에서 소규모 산업 발전에 중점을 두었습니다. 이는 영혼과 연결되어 있다는 점에서 단점이

---

[31] https://m.economictimes.com/news/economy/indicators/india-to-emerge-as-an-economic-superpower-amid-impending-global-economic-landscape/articleshow/110418764.cms

[32] https://www.newindianexpress.com/web-only/2023/Oct/14/welfare-of-all-rather-than-profit-for-a-few-why-gandhian-ideas-can-still-guide-economic-policies-2623932.html

있지만, 중공업화와 제조업 부문의 발전 측면에서의 격차는 우리가 뒤처진 부분이며, 그 결과 우리가 이 시대에 글로벌 강대국이라고 말하는 인플레이션 압력과는 별개로 지난 10년 동안 더욱 악화된 심각한 일자리 위기를 초래했습니다.

우리는 소수의 용기 덕분에 소의 땅에서 우주에 도달했으며 기술 관료 세계에서 다음 단계는 어디입니까?

바이샴(Baisham)의 『**인도가 있었다는 경이로움(The Wonder that India Was)**』이나 V.S. 나이폴(V.S. Naipaul)의 『**상처 입은 문명(A Wounded Civilization)**』과 같은 작가의 책이 찬란한 과거와 우리가 타락한 방식에 대해 이야기하는 반면, 『**인도의 여름(Indian Summer)**』과 "**폐위(Dethroned)**"와 같은 책은 인도라는 나라가 어떻게 식민지 지배 이전에 우리가 알고 있던 땅덩어리에서 어떻게 잘못 관리되고 인도의 형태로 되돌려 놓아졌는지를 섬세하게 상세하게 설명한다 또는 제국화. Dalrymple 의 작품조차도 미래와 부활에 대한 초점이 주제가 아닌 Mughal 과 British Raj 의 뉘앙스에 초점을 맞추었습니다. *이것은 Mr. Nilekani, Shashi Tharoor, S Jaishankar, Dr. Kalam* 등의 책에서 다루어졌습니다. 이제 독자들이 이것이 책 읽기 목록인지 새로운 장인지 궁금하다면. 잠시 기다리다! 과거 인도의 발전은 잘 기록되지 않았을 수 있으며, 특히 문명과 정복의 게임에서 잃어버린 고대 지식은 더욱 그렇습니다. 식민지 이전 시대와 식민지 시대의 지식과 과학이 현대, 특히 우주, 의학, 정보 또는 나노 기술과 [33] 같은 우리의 여정을 이해할 수 있는 학술 작업에 대해 항상 질문이 있습니다. 전자 제품 제조에서 칩 제조에 이르기까지 인도는 중국, 일본 및 한국이 서구에 대한 대안을 보여준 반면 인도는 뒤처져 있습니다. 인도가 인도 브랜드 이름으로 텔레비전, 세탁기 등과 같은 제품을 제조할 수 있는 잠재력이나 능력이 없거나 없다는 것은 아닙니다. 그러나 *Onida, BPL, Videocon* 의 선물은 인도 이외의 글로벌 거대 기업이 시장 점유율을 차지하면서 터진 것처럼 보였습니다. 모바일 제조 산업도 마찬가지인데, **M.I.L.K.(Micromax, Intex, Lava, Karbonn)**가 중국 휴대폰의 맹공격으로 무너졌고, 반도체 제조에서도 첫 걸음을 내디뎠습니다. 특히 생산 연계 인센티브 제도 및 정책이 21세기 글로벌 시나리오에서 시급히 요구되는 국내 제조업에 초점을 맞출 때 항상 희망이 있습니다.[34] A.P.J. 칼람 전 대통령이 로켓을 자전거에 싣고 다니는 유명한 사진이 우리의 자부심을 부풀리는 소박한 모습으로 시작된 인도의 우주여행. 우리는 거기에서 첫 번째 시도로 화성에 착륙한 국가이자 달의 남쪽에 착륙한 첫 번째 국가가 되었습니다. 그러나 우리가 당면한 더 큰 문제들은 국가가 아닌 개인으로서 우리가 성취해야 할 도전에 대한 증거입니다. 국가는 영광을 만끽할

---

[33] *https://www.news18.com/opinion/opinion-igniting-indias-job-engine-the-untapped-potential-of-manufacturing-8948962.html*

[34] *https://www.globaltimes.cn/page/202311/1302676.shtml*

수 있지만 우리나라의 지원체계는 여전히 뒤처져 있고, 학자들의 저작에서 드러난 구조적 결함은 도서관과 고급 카페에서의 인지적 토론을 채우기 위한 것일 뿐이다. 영향을 받는 사람들, 아니 오히려 가축 계급은 그들을 괴롭히는 문제의 시나리오에 무관심하거나, 심지어 오늘날에도 봉건 정치와 부패의 미로 속에서 눈물이 말라 버렸을 수도 있습니다. **오디샤의 칼라한디**, 차티스가르의 마지막 붉은 요새 바스타르와 같은 곳에서 긍정적인 낙관주의의 흐름이 나타났고, *오디샤의 진보와는 별도로 U.P. 동부나 비하르의 일부 지역에서 일부 낙수 효과에 기반한 개발 대신 부패하고 카스트에 기반한 정치에도 불구하고 이 모든 세월 동안 그렇게 어둡지 않습니다.* 마디아 프라데시에서 펀자브, 웨스트 벵골, 타밀 나두 등과 같은 다른 주로. 이 신기루 같은 나라에서는 지리적으로, 문화적으로, 사회적으로 단어의 모든 의미에서 직소 퍼즐처럼 작동하는 발전이 달랐습니다. 따라서 인도라는 국가의 아이디어는 우주선뿐만 아니라 기본적인 식량 및 건강 관리에 관한 것입니다. 가장 큰 식량 계획의 나라인 인도 역시 파키스탄과 방글라데시보다 낮은 순위의 기아 지수로 고통받고 있다. 비판할 필요가 있고 비판해야 하지만, 그럼에도 불구하고 약간의 소금을 곁들여 받아들여야 한다. 따라서 세계 최대의 민주주의 국가에서 아동 발육 부진, 아동 노동 및 인권 지수의 양은 저를 포함한 모든 시민을 당황하게 만듭니다. 그렇다면 인도의 미래는 어디에 놓여 있을까요? 우주를 정복하거나 새로운 세계 질서의 높은 테이블에 앉는 것이 아니라 이 분열된 국가의 중추적이고 역동적인 단층선 문제에 대한 해결책을 제공하는 것입니다.

우리는 청년 중심의 스타트업 국가가 되고 싶지만 그들을 위해 충분히 하고 있습니까?

질문과 문제는 우리 중 많은 사람들이 안락의자에 앉아있는 전사들이며, 우리가 여정을 진행하면서 말처럼 쉽지 않은 일인 현장에서의 행동과 의무가 필요하다는 것입니다. 밀레니얼 세대가 뒤섞인 **알파-질레니얼(Alpha-Zillenials)** 의 나라에서 세계에서 가장 큰 민주주의 국가이자 가장 인구가 많은 국가의 교차로에 있는 *Z 세대와 신흥 알파 세대* 는 세계의 흐름을 바꿀 수 있는 잠재력과 힘을 가지고 있습니다. 그러나 인도의 인구 배당금은 기술과 인재에 대한 수요가 일치하지 않는 수많은 사람들에게 적절한 일자리를 제공하는 데 여전히 어려움을 겪고 있습니다. 이것이 바로 정책 입안이 단순히 문제에 대한 처방이 아니라 해결책을 제시해야 하는 문제이다. 지난 몇 년 동안 스타트업을 위한 정부 정책과 자금 지원이 나오고 희망이 있지만 좋은 생태계를 만드는 것이 젊은이들이 역할을 할 수 있는 국가 발전의 핵심입니다. **제로다(Zerodha)**에서 **아그니반(Agniban)**에 이르기까지, 핀테크(fin tech)에서 우주 스타트업의 성공에 이르기까지, **바이주(Byju)와 같은 실패가 있다.** 그러나 이 모든 것은 여정의 일부이며 아이디어는 항상 미래에 초점을 맞춰야 합니다. **Mudra** 대출 제도를 제공하려는 정부의 아이디어는 기업가와 야심 찬 사업 아이디어 보유자가 성공할 수 있도록 돕기 위한 구체적인 단계입니다. 21 세기의 인디언 드림은 실현 가능한 현실이 될 수 있지만, 교육 수립부터 인프라 구축 및 정책 집행에 이르기까지 정책 입안 및 이행 과정에는 몇 가지 구조적 결함이 있으며, 이는 중앙, 주 및 지역 차원의 조정이 필요합니다. 종이에 적힌 새로운 교육 정책은 Macaulay 의 식민지 시대 "코코넛" 학생 공장 생산 방식 [35]에서 벗어나 교육의 새로운 틀을 만드는 데 훌륭합니다. 갈색 피부를 가진 인디언과 속은 흰색인 인디언을 만들기 위한 시스템으로, 영국 라지에 어울렸습니다. 이제 현대와 변화하고 적극적인 인도의 현대적 요구는 인공 지능, 기계 학습 및 코딩의 역학이 더 이상 유행어가 아니라 인도가 필요로 하는 새로운 청년 주도 사회를 위한 현대의 요구 사항이 되는 솔루션에 초점을 맞출 때입니다. 지난 20 년 동안 인도의 고용 없는 성장은 고용 증가 없이 경제가 확장되는 것을 목격했기 때문에 우려의 원인이었습니다. 무엇보다도 이러한 단절은 특히 안정감과 목적 의식을 제공하는 직업을 원하는 젊은이들 사이에서 좌절감을 증가시키고 있습니다. 군 복무 중인 사람들의 장기 고용 안정을 단기 계약으로 대체하는 Agniveer 제도의 도입은

---

[35] *https://thewire.in/education/lord-macaulay-superior-view-western-hold-back-indian-education-system*

고용 안정과 국가와 시민[36] 간의 사회적 계약의 약화에 대한 이러한 우려를 더욱 고조시켰습니다. 이는 많은 인도 젊은이들에게 안정감과 애국심을 제공해온 전통적인 고용 경로를 방해할 수 있는 잠재력을 가지고 있습니다.

결론적으로, 이러한 과제를 해결하기 위해서는 경제 개혁, 공공 또는 민간 기관 내 일자리 창출과 함께 기술 개발과 같은 다각적인 접근 방식이 있어야 합니다. 이를 위해서는 예약제도에 대한 철저한 재검토가 병행되어야 하며, 이를 통해 유보제도가 정치적 이득을 위한 도구로 이용되는 것이 아니라 소외된 사람들에게 힘을 실어주는 본래의 목적을 달성할 수 있도록 해야 한다. 인도는 지난 20 년 동안 "**인구통계학적 배당금(Demographic Dividend** [37])"이라는 개념에 대해 항상 논의해 왔지만, 젊은 인구의 자원 낭비는 또 다른 우려 사항이었습니다. 튀김을 파는 것도 고용으로 간주되는 *파코다노믹스(Pakoda-nomics*)의 개념은 도덕적으로 옳을 수 있지만 판단과 정당화로 충분합니다. 세계 어느 곳에서도 인구의 100%가 고용되어 있다고 주장할

---

[36] https://www.businesstoday.in/india/story/former-army-chief-hints-at-badlaav-in-agniveer-scheme-some-changes-could-be-made-after-431439-2024-05-30#:~:text=years%20of%20service.-,Under%20the%20Agnipath%20Scheme%2C%20which%20was%20rolled%20out%20in%20June,that%20has%20upset%20army%20aspirants.

[37] https://www.livemint.com/economy/ageing-population-a-structural-challenge-for-asia-india-s-demographic-dividend-to-dwindle-adb-11714637750508.html

수 있는 정부는 없으며, 이는 단지 기회에 관한 것이 아니라 일자리를 이용하고자 하는 사람이나 인적 자원과 일자리를 창출할 수 있는 사람에 관한 것입니다. 즉, 자본 또는/및 사업 아이디어를 소유하고 사용 가능한 자원에 기회를 제공할 수 있는 사람을 의미합니다. 인도는 경제적으로는 논리적이지만 그에 상응하는 고용 기회가 없는 인플레이션으로 인해 성장이라는 독특한 도전에 직면해 있으며, 이는 비논리적으로 보입니다. 그러므로, 일자리 없는 성장에 대한 생각은 지난 20년 동안 이슈가 되어 왔는데, **Agniveer**와 같은 계획들이 비록 위험, 고난, 그리고 약간의 애국심으로 무장한 군대의 복무에서 오는 장기적인 일자리 기회의 보장을 대체할 때 터지는 것처럼 보인다. 소외된 사람들을 위한 방편으로 여겨졌던 정치의 이름으로 이루어지는 유보는 이제 새로운 카스트와 하위 카스트들이 싸움에 참여하기 위해 유보를 찾는 투표 은행의 안전판이 되었다. 인드라 소우니(Indra Sawhney) 사례 권고안이 제시한 50% 유보의 상한선은 이미 위반되었으며, 모호하게 정의된 매개변수가 있는 "경제적 취약 계층(Economically Weaker Section)"의 형태로 유보의 케이크에 또 다른 장식이 생겼습니다. 그 다음에는 다른 후진 계급에 대한 유보의 문제가 나오는데, 그것은 유보의 케이크의 크림 같은 층이든 비크림 같은 층이든, 그리고 소수 득표자 은행 정치를 잊지 말아야 한다. 이러한 정치 게임에서는 **"Pradhan Mantri Kaushal Vikas Yojana"**를 통한 고용 창출 또는 견습 형태의 고용 창출 또는 *"Make in*

India" 계획에 따른 전자 장비 제조에 대한 생산 연계 인센티브 제도를 통한 더 많은 제조업 창출에 초점을 맞추는 것은 여전히 고군분투하고 있습니다. 따라서 현 정부는 장기적으로 탈출구를 찾아야 한다. 인도에서, 크림 같은 층과 크림 같지 않은 층을 모두 포함하는 다른 후진 계급에 대한 예약 문제는 가시 돋친 정치적 문제이다. 이러한 정책의 목표는 사회 정의와 경제적 해방을 달성하는 것이지만, 고용 창출과 포용적 성장을 희생시키면서 투표 은행 정치에 의해 이행이 훼손되는 경우가 많았다. 기술 개발을 위한 PMKVY(Pradhan Mantri Kaushal Vikas Yojana)와 Make in India 에 따른 전자 제조를 위한 생산 연계 인센티브(PLI) 계획과 같은 현 정부의 이니셔티브는 실업 문제와 경제 개발을 [38] 해결하기 위한 몇 가지 정책 조치입니다. 그러나 이러한 전선에서의 진전은 세계의 다양한 민주주의 국가에서 나름의 복잡성을 가지고 있는 인도의 정치적 상황으로 인해 더딘 상태로 남아 있습니다.

---

[38] *https://www.business-standard.com/industry/news/with-geo-political-concerns-engg-firms-nudge-suppliers-to-make-in-india-124063000283_1.html*

로티(Roti), 캅다(kapda), 마칸(makaan, 음식, 옷, 주거지)은 다람(Dharam), 자티(Jati), 데쉬박티(Deshbhakti, 종교, 카스트, 민족주의) 뒤에 있으며, 와탄(Watan), 바르디(Vardi), 자메르(Zameer, 국가, 제복, 양심)

우리의 새 의회에는 **"아칸드 바라트(Akhand Bharat)"**[39], 즉 남아시아의 모든 국가가 더 큰 인도의 일부인 분할되지 않은 인도 아대륙의 벽화가 있습니다. 이 나라는 펀자브와 벵골의 두 부분으로 나뉘어 피를 흘렸는데, 두 곳 모두 통일되어 인도에 남아 있었거나 다른 국가를 형성하여 자신의 운명을 결정했더라면 다른 궤적을 가질 수 있었을 것이다. 많은 서구 평론가들과 심지어 처칠에 의해 신기루라고 말한 기적의 나라 인도는 인도에 대한 생각과 독립에 대한 열망을 일축하고

---

[39] '우리는 위험에 처해 있습니다, 우리를 구해주세요...'; 파키스탄은 인도의 새 의회에서 '아칸드 바라트' 벽화를 보고 긴장하고 있습니다 - *The Economic Times* 비디오 | *ET 나우 (indiatimes.com)*

국가를 적도와 같은 상상의 나라와 동일시했습니다. 200년 동안 식민지 통치를 잘못 관리한 후에도 인도의 정치는 몇 가지 단계를 제외하고는 수적으로 적음에도 불구하고 인도인의 도움으로 인도를 유지할 수 있는 국가에서 우위를 유지하기에 충분하고 필요했습니다. 유럽 식민지화가 있기 몇 년 전, 후기 무굴 시대 또는 델리 술탄국, 심지어 마라타, 라지푸트, 벵골 술탄국은 모두 고유한 스타일과 계획 실행을 가지고 있었으며, 그 중 일부는 임의적일 수 있으며 서부가 가져왔을 수 있는 규칙서 구현이 부족할 수 있습니다. 그것은 어떤 식으로든 통치 체제, 도시 및 농촌 계획, 토지 기록, 법원 및 행정 체제가 주로 봉건적이지만 완전한 정교함이 부족하지 않았다는 것을 의미하지는 않습니다. 대부분의 신 식민지 국가는 식민지 스타일에 적응한 반면 부족 또는 토착민은 자원에 대한 통제력을 잃었다는 사실을 제외하고는 그대로 유지되었다고 말할 수 있습니다. 불행하게도, 독립 전후에 인도에서는 지난 수십 년 동안 카스트 제도, 보호구역, **로티-캅다-마칸(roti-kapda-makaan, 음식, 옷, 주거지) 아우르 가리비 하타오(aur garibi hatao, 빈곤** [40] 퇴치)의 정치가 그대로 유지되어 왔지만 구원 과정에서 변화해 왔다. 한때 빈곤 포르노와 빈곤 관광이 만연했던 서구인과 서구 언론의 곤경을 외면하던 인도에서 빈곤을 측정하는 맥락과 상황도 느리지만 역동적인 변화를 맞이하고 있는 것이 사실이다. 모든 일에는 시간이 걸리고 인도도 마찬가지이지만 한국,

---

[40] 숫자 게임으로서의 '가리비 하타오' (deccanherald.com)

대만, 싱가포르 등과 같이 규모는 작고 인구 측정으로도 많은 국가가 길을 보여주었습니다. 인도는 인류 문명의 기적 멜란지 [41]라는 나라로 디자인되었습니다. 이 나라가 "바보의 나라"와 같은 책을 낳은 것은 사실이며, 믿을 수 없는 성공 이야기를 만들어 낸 나라도 같은 나라입니다. 인도의 문제는 인구의 대부분이 여전히 절반의 교육을 받았고, 교육을 받지 못했으며, 소셜 미디어에서 소란을 피우고 있으며, 그렇지 않을 수도 있고, 교육을 받은 사람들이 자신의 상아탑에 있거나, **"가축 계급"을 정의하는 데 사용되는 경멸적인 용어의 문제의 일부가 되는 데 관심이 없을 수도 있습니다.** 모든 시민이 적절한 삶을 산다는 개념이라는 아이디어가 정의하고 차별화하는 것이며, 세계에서 가장 인구가 많은 국가인 인도는 당면한 과제를 안고 있습니다. 인도가 할 수 있으며, 가능하다면 몇 년 안에 또는 몇 년 안에 할 수 있습니까? 한편으로는 ***"인도는 어떻게 시민들을 실망시켰는가"*** 와 같은 책들이 있고, 다른 한편으로는 고(故) A.P.J. 압둘 칼람 아자드 대통령의 ***"30 억 목표"*** 와 같은 훌륭한 정책 입안과 집행에 관한 책들, 비말 잘란 외에도 난단 닐레카니(Nandan Nilekani)가 쓴 인도의 디지털 기술 혁명에 관한 책들이 있다. 그 답은 아마도 중간에 있을 것 같은데, 나는 어느 정도 느꼈다면, 라구람 라잔은 헬리콥터가 아닌

---

[41] *70년 동안 통일된 국가로 살아남은 인도의 기적: 라마찬드라 구하 (business-standard.com)*

인도 경제학자가 그의 최신 책에서 포착한 헬리콥터라는 것을 느꼈다. 또한 이 점에서, 벵골 출신의 귀족상을 수상한 경제학자 아비지트 바네르지(Abhijit Banerjee)와 아마르티아 센(Amartya Sen)은 자신들의 경제정책이 아이러니하게도 독립 이래 꾸준히 탈산업화의 스펙트럼에 있었던 벵골 출신이라고 규정한다. 인도는 최근 마니푸르(Manipur)와 같은 지역에서 불행한 종족 분쟁 사건이 발생했음에도 불구하고 여전히 사회경제적 발전을 위한 적극적인 정부 정책을 보이고 있는 인도 동부와 북동부 지역에 대한 정책을 살펴보고 정의할 필요가 있다. 한때 **비마루(비하르, 마디아프라데시, 라자스탄, 오디샤, 우타르프라데시)**는 오디샤, 우타르프라데시, 심지어 마디아프라데시와 라자스탄과 같은 새로운 스타를 낳았습니다. 단순한 빈곤 퇴치라는 개념은 해결책이 아니라 어떻게 해결책이 될 수 있습니까? 그것은 작은 자조 그룹 중심의 오디샤 모델, 걸프 돈 플러시 사회 복지 케랄라 모델 자본주의 구자라트 모델이 될 수 있습니다 적응적 성공을 위해 작동하는 것은 간디가없는이 새로운 인도에서 환영받는 것 이상입니다.

결론

PB Chakraborthy 는 캘커타 고등 법원의 수석 판사였으며 웨스트 벵골 주지사 대행으로도 재직했습니다. 그는 RC Majumdar 의 책 A History of Bengal 의 출판사에 편지를 썼습니다. 이 편지에서 대법원장은 "내가 주지사 대리로 있을 때, 인도에서 영국의 통치를 철회함으로써 우리에게 독립을 허락한 애틀리 경은 인도를 여행하는 동안 캘커타에 있는 주지사 관저에서 이틀을 보냈다. 그 때 나는 영국이 인도를 철수하게 된 실제 요인들에 대해 그와 장시간 토론을 했다." 차크라보르티는 덧붙인다, "내가 애틀리에게 던진 직접적인 질문은 간디의 '인도 포기' 운동이 꽤 오래 전에 시들해졌고, 1947 년에는 영국이 서둘러 떠날 필요가 있을 만큼 새로운 강제적인 상황이 발생하지 않았는데, 왜 그들이 떠나야 했는가에 대한 것이었다." "애틀리 판사는 답변서에서 몇 가지 이유를 언급했는데, 그 중 가장 큰 이유는 네타지의 군사 활동으로 인해 인도 육군과 해군 요원들 사이에서 영국 왕실에 대한 충성심이 약화되었다는 점이다"라고 차크라보르티 판사는 말한다. 그게 전부가 아니에요. 차크라보르티는 덧붙인다, "우리의 토론이 끝나갈 무렵 나는 애틀리에게 영국이 인도를 떠나기로 한 결정에 간디의 영향이 어느 정도인지 물었다. 이 질문을 들은 애틀리의 입술은

빈정대는 듯한 미소로 일그러졌고, 그는 천천히 'm-i-n-i-m-a-l!'이라는 단어를 씹었다. "입니다.

간디는 여느 인간과 마찬가지로 모순과 결점이 있는 사람이었지만 도덕적으로 우월한 대중의 수호자가 되기를 원했습니다. 그는 순진한 사람, 자기주장이 부족한 사람, 심지어 그의 초기 삶에서 의문시될 수 있는 인종적 태도와는 별개로 자신의 책에서 인정한 소위 악덕이라고 불릴 수 있습니다. 그러나 이러한 비판에도 불구하고 그에게 '**국가의 아버지**'라는 명예로운 칭호를 준 것은 네타지였는데, *이에 대한 답변은* 이를 인정하지 않았다. 간디에게 훈계를 받았던 같은 사람은 타고르가 그를 "**마하트마**"라고 부르는 것과는 별도로 그에게 칭호를 주었다. 그가 무엇인지는 비평가가 될 수도 있고 아무도 아닌 사람으로서 다른 방식으로 질문하고 대답할 수도 있지만, 이 상징적인 살과 피의 조각은 **여전히 아인슈타인이** *"앞으로 몇 세대는 이와 같은 사람이 살과 피로 이 지구상에 걸었다는 것을 거의 믿지 못할 것입니다. (마하트마 간디에 대해 말했다)"*

www.ingramcontent.com/pod-product-compliance
Lightning Source LLC
LaVergne TN
LVHW041531070526
838199LV00046B/1613